予新世紀　01

廢墟裡的靈光

重返印度的佛陀時代

鍾文音◎著

一花開五葉
結果自然成

自序一
結夏安居在靈鷲，細說幻碧閣從頭

是身如聚沫　不可撮摩
是身如泡　不得久立
是身如焰　從渴愛生
　　──《維摩詰經》

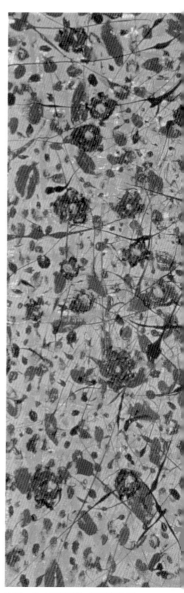

在台北時有鄉愁的呼喚，有時我會覺得自己宛如身在孤星，和周遭一切的喧嘩對不上節拍，在自己的原鄉卻有鄉愁，這鄉愁究有何指？

鄉愁，原來是靈識原鄉的呼喚，也是久遠劫來的原生尋根。

盛夏，我在台北，感到高溫所欲冀融化的一切，邊際似乎可以不存，光照如浮鏡，人寰如微塵。「情不重不生娑婆」，情執而苦者眾，我的情業藤蔓纏繞，束縛得讓人有喘不過氣來之感。

今夏我有兩種生活面貌，一靜一鬧的極端拔河。

在台北夏天安居於貢寮鄉無生道場，學習佛陀時代的雨季結夏安居，在內心出家似的往山上行。無數回的東北角落日，霞光渲染天際，虹彩延伸無邊，萬種風情展演著容顏無常，分分秒秒剎那剎那，再眨眼再回首又是另一種姿態萬千。

在台北久逸之城書寫印度旅次，無疑地充溢著一種類似前世今生的記憶與遺忘的交叉對應。在繁華都心寫著佛陀聖地的遺跡與閱讀佛經，結盧在人境，車馬喧伴青燈古佛，倒也是奇異的內心風景。

把在台北八里的居所稱為「幻碧閣」，閣主提筆為文，不過是當世之職，盡一己之力。

左圖：《一花開五葉，結果自然成》。
　　　（鍾文音油畫作品）
右圖：《心地含諸種，遇澤皆悉萌》。
　　　（鍾文音油畫作品）

倒是極少向人提起這個名詞的由來。

在大學唸書時代的某個四月時節，依稀記得是春節連續假期。我和同學至福隆沙灘戲水，印象當時福隆海域水母甚多，我們游泳的背都被水母打得紅紅的一條一條血痕。年輕時許多事情經歷模模糊糊，只留一種氣味一種印象。

《花開圓滿》。（鍾文音油畫作品）

後同學轉往他處，我一人至福隆附近的「聖山寺」走走，我一向喜歡到處閒走，加上常為情苦，對於名山古剎由是嚮往。先至寺中遊走，住持留用晚齋，當晚有車說要上山，也不知要上到何處，只模糊聽到「無生」二字，當時覺奇，只聽聞有生，未聽聞無生，心裡也頗好奇。晚上無燈，隨人行至大殿，大概我隨意亂走後，突然原先一起來人也不知去了哪。我在大殿角落靜靜看著殿中一切和聽聞遠處的海潮音。忽然有一比丘尼和一師父走進殿內，比丘尼說師父皈依，師父見我站著便要我跪下領受三寶，跟著他念一句我念一句。之後比丘尼給了我一張皈依證，我見上方有法名寫著：「幻碧」，感覺殊異。

豈料我皈依未久，又有一女生走進，說是要皈依的。師父看看我，也沒說什麼，又開始重複之前的動作。我這時才搞清楚，原來要皈依的女生是她，師父誤以為是我，我又不知狀況地跟著做，也就皈依了。

當時皈依人數不多，因此皈依證的法名都是先寫好，看順序因緣而取得法名。現在皈依證和皈依法名大都是依心道師父視當時皈依者而給予名號。

「幻碧」法名，和我的緣分是誤打誤撞，絕無僅有的際遇了。

十多年前，結下了靈鷲山緣，直到如今才開花。

碧者，麗也，美也。愛美執麗是我的障礙，殊不知一切要返空性，觀種種水月幻象，碧麗容顏幻化於空，倒是相稱於我。

「幻碧閣」於焉而立。寫作如冰雕，即使要消溶於時光，仍要竭盡所能地雕刻著，因為人生在於過程，而結局都一樣，我們都在通往死亡的路上，我也不例外。

今夏，幻碧，我也，半人半僧地來到東北角，山高高水深深，修行逆向修，人間順勢行。這太平洋海域夏日海波不興，豔豔烈烈日陽一早即迎刺目光，黃昏在觀海台吃藥石，療形枯骨，見山海容顏日日不同，波浪時時幻化，而我的煩惱卻還是如此頑冥，真堪是愚蠢一女。

眼睛看出去的畫面是，有時是僧尼一席飄然衣袂輕滑過視角，偶爾係喇嘛赭紅地黃的衣袂映入眼簾。泰半時光，山上歲月靜好，端坐小徑，並無人影，倒有仙蹤，孕育日月光華的石雕佛，青苔沾顏，莊嚴依舊。多少人上山求能解惑，指引一條生路。

無生道場，五百羅漢立於小徑，石雕早已有了生命，無言也是一種憾人的美麗力量。

連綿的山巒層層如波，日光漸轉夕霞後，一望無際的漁舟點點、遠方人家的聚落和濱海公路的燈光陸續捻亮，有山林小厝人家仍燃起古老的炊煙，而刺目的龐大核四廠仍然昭告著人的慾望擴張與無知建設。而漁舟的黑風獵殺，以及企圖偷渡的船隻仍寫著人類慾望的無止無盡。

就在圓圓的火紅太陽漸漸落到山的另一邊後，山風才忽忽大作，徐徐清涼。因有之前的烈焰白日焦烤之感受，因之當山風降溫突襲肌膚時，生平未曾有過如此自然的真切感受，那黃昏山風的清涼因有了酷暑燒辣的對比，形成了生命中在感受層次烙下的深刻體驗。

在無生道場的觀海台上趺坐，靜看天光一滴一滴地消溶在黑夜，眼不閉目，往事如風過，物來則應，過去不留，如此泰然甚好。

直到下方山徑的小光完全悠悠燃起，如星辰墜落人間，更遠一點的白鎢絲燈發著幽光，某間屋宇亮著光，青燈古佛伴著僧眾，一介僧尼在燈影下映著堅毅溫厚的姿勢，讓我眼眶溢著淚光。

　　天光愈暗，山色樹影線條在眼前成為厚重的實體，看著看著，直到最後一抹天光化為烏有，純然的黑暗，湧

動四周的風聲在耳邊拂吹，接著是鼓聲，汨汨綿綿密密的湧現，和著稍遠的低吼浪聲。

晚課時間到了。有時遇上心道師父，他敲著我的頭對我說，修行要趁年輕，我這個人就是情還斷不掉！放下放下！

暮鼓晨鐘響遍耳際，閒來無事便觀心。這是我在山上靜心的收穫。

修行叢林，叢林生活，打成一片，一片打成，剎那是恆久，恆久是剎那。多少言語文字曾經被我們濫用而疲乏，實修的功夫卻跟不上文字語言的浮現，這是一個提筆者如我所該戒慎恐懼的。

一個多月後，待我下山來到台北娑婆世界，我的心乘滿安靜的風景。

最難是什麼？在繁華的人間裡，覺照一切路，心觀所有事。

我不斷地在我的煩惱和覺受升起時，想起山上法鼓法師在我臨要下山之際，他在我轉身時大聲地向我說要續佛慧命，不要斷了「慧命」！

慧命！慧命！

謹記於心，確實於行。

自序二
心地含諸種 遇澤皆悉萌

> 佛的音就是福音，佛的福音就是覺醒。
>
> ——心道法師

小孩子手指緊握著，逐著旅人的步履，攤開手，陽光下黑黑的手掌上乘著小小的菩提子，菩提子黏著汗水發著黑。

我買下小孩掌中的所有菩提子，他歡喜扯牙地笑著，開心得跳躍步伐離去。

現在這些從印度聖地「祇樹給孤獨園」所攜回的菩提子入了土，發了芽，現已開成了小苗樹。

「不要小看朝聖的意義。」就如同不要小看一棵種子般，種下善緣，來日將開成善果。

「朝聖是種下正覺的種子。不退轉的種子，不墮落三惡道的種子。」「每一個感觸點就是一個啟示。」心道法師開示說。

我確信我的心已經種下一顆菩提子，凡心地含諸種，待來日善緣足，將遇澤皆悉萌。

從大學聽了披頭四約翰藍儂彈的西塔琴後，便夢想到印度當雲遊俠，以草當枕，餐風露宿。

印度是一則悠遠古老的夢，醒或不醒都無關乎這個夢境。

我灌溉靜待我的菩提樹成長。想想樹和佛陀一生多麼有緣啊，佛陀出生於無憂樹下，六年於苦行林，證悟菩提樹（原名畢缽羅樹，自此被稱為菩提樹，也就是智慧之樹）下，雲遊說法結夏安居在林園，最後涅槃地於娑羅樹下。

左圖：《覺者之光》。（鍾文音油畫作品）
上圖：我從祇樹給孤獨園所撿拾的菩提之葉。

　　然則我的業力仍深重，我的愛執冥頑不化，我要如何收攝魂飛四散的靈魄，那可貴的專注，以及可貴的無分無別心？

　　想流淚的感覺是只要靜下來的空隙便有傾洩水患之虞，那業力的風，那得失的幻影，那恆是心存偏見的心，那恆是走向死亡的愛情，那恆是飄著記憶屍水的自我囚籠，是標誌著某種人世滄桑。

　　佛無高下，差別只在迷或覺。

　　我迷，我覺，今朝才好，明日又苦。像水燒了又熱，冷了又燒，這將何時了？

　　上山前，由於內在情感的一把無名火燒得我整個人為之地基傾斜本體陷落，在空白畫布面前，畫起了如雲捲雲旋狀的風，然後無預警的盯著那風看，不禁潸然淚下。突然明白那是「業風」，業力之風。業風在我的背後吹，吹得我七葷八素，吹得我面目全非。嫉妒與占有，等待與慾望，皆屬愛情的凶險。

　　《西藏生死書》索甲仁波切所言的：「我們自以為崇尚自由，但一碰到我們的習氣，就完全成為它們奴隸了。」

　　搞創作的人的困境就是感觸太多，感受太多；但這些對創作是好，問題其實是一體兩面，感受升起，但心念不執，知而不念。能轉化五蘊為五智，從有到不執，不論有或沒有都可以自己作主，就沒有處境的問題。非投降非對決，而是定慧的觀照力。自認自己是藝術家者多所狂妄，虛妄，挾藝術之名搞無明之實者眾，常常覺得悲哀，悲哀人我之貪瞋癡。

　　此盛夏另有一因緣，方上山即遇到某個景敬的詩人。容顏雖悴但仍堅毅微笑，其長子在加拿大事故往生於此做七七法會，因長子生前常來靈鷲山，遂選此地安其魂魄。那日遇見詩人之妻，那是一張我見過深度悲傷的容

顏，這張臉不時停留在我結夏安居於山上的日子，那是為人母親何等的不捨與疼痛，我感覺她的身軀好像隨時會倒下來般，被極度哀傷所削薄的血肉不足以支撐軀體的骨架，我只聽到她用顫抖的嘴唇發出微弱語言，問著山上的淨慧法師說：「他去的地方是好的嗎？」淨慧法師說他在做法事時可以感受到他們的小孩很好，走得很好。反而是他們夫妻放不下。

喪子，一個母親之最痛與難捨之捨。

我這個提筆人，在印度、尼泊爾朝聖旅途書寫裡所要做的就是寫出佛的福音。目的是給予初階入門用，也是二旅地的入門書。耳膜響起波波粗細的梵音海潮音，福音勝彼世間音……

　　來自印度的蒼生，來自恆河沙無數的眾生，來自太平洋的潮音……就這樣地來了又去了，前際無去，今際無往，後際無來……

　　一個文者如我，不過是履及了一個在家眾所朝聖的旅程，歷經的印度感官世界與菩提發芽的心靈，書寫的內容不過是接續前人已付梓的書籍經典，再次複述一回早已存在的歷史罷了，書寫的本身並無新意（國內完善的印度聖境書寫亦備）。但下筆的「心」於我確是新的，且熱騰騰，而覺受的經驗是共通的，印度之旅是前有古人，後有來者。

　　對將參與朝聖團與走訪佛陀聖地者與許多讀者來說，這趟印度旅程與這本書則是新的，因為我們都在學習的路途，人生就是道路，我所書寫出來的一隅不過是浩瀚海洋的一小滴墨水。

　　最重要的是每個人在行旅或同或異的體悟。

　　我以佛陀之名，展開朝聖之路，生命覺醒之路已漫漫啟航。

　　這是我第一次寫這樣的旅書，文本雖非關創作，但心情卻超越創作，因為在朝聖和書寫的狀態裡，我是個收穫者，這是個很特別的旅行經驗。對於佛學我非常才疏學淺，他人的協助與資料多方參考才得以完成。

　　印度這個國家本身就是一本厚重沈重的「生死書」，看盡異地眾生，看盡覺者行路，才恍然自己一點都不孤單不寂寞，藝術和創作也一點都不值得個體驕傲，它是眾生的成全，是古往今來的覺者睿智照亮了我的紙頁。

　　寫作或繪畫只是我今生的部分功課與渡彼岸的某座橋樑罷了。

　　是生死讓我謙卑，是生死讓我昂首，是生死讓我低頭看得破。

　　　　　　　　　　　　　　　鍾文音　合十於「幻碧閣」

目 錄

《文殊菩薩唐卡》。（世界宗教博物館
提供）

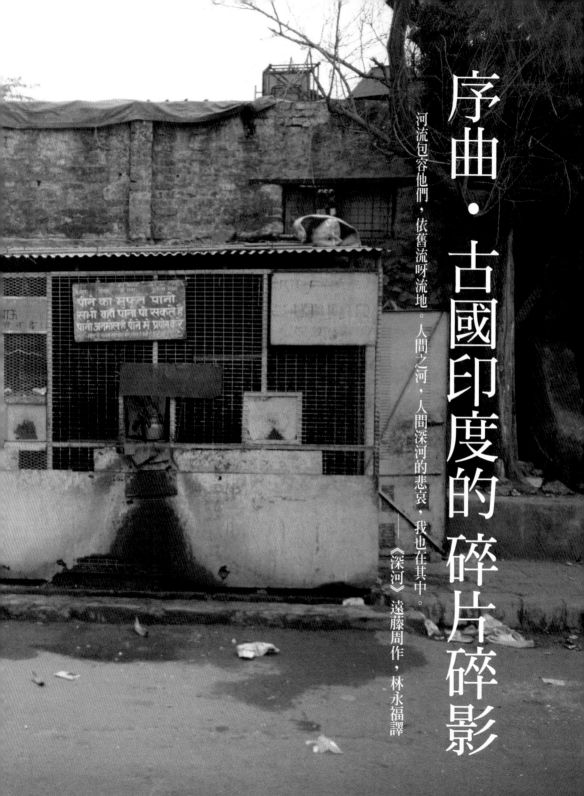

序曲・古國印度的 碎片碎影

河流包容他們，依舊流呀流地。人間之河，人間深河的悲哀，我也在其中。

——《深河》遠藤周作，林永福譯

抬頭星光微微，鋪展散開在天幕有如數以萬計的白光落在黑底的銀盤。尋著聲源，我幾乎是不斷地以打火機照亮瞬間的路，在微弱火星裡方能目視所走的方寸，四周的牛糞氣味刺鼻。

幾度印度行，唯此回朝聖之旅最是殊勝。

在印度，常覺空間的亮度灰暗，即便是在上好餐廳吃飯，電力也是來來停停，筴夾一半忽然暗了，送到嘴裡又亮了。習慣乍然停電，習慣四周頓然陷入昏黑。

清晨五點，在比太陽還早甦醒的瓦拉那西聖城窄窄小徑上永遠是濕漉漉的影影綽綽，我懷疑我如果穿紗麗裙定然要跌個四腳朝天。企圖遙想聆聽來自恆河的流水喘喘，我將點燈放水流，再搭渡船到彼岸取金剛砂，恆河沙無數，眾生亦無數，我的祈願也無數。

然後日出了，人們膜拜恆河女神。無視於膜拜的是，兩個背著龜殼透明包的日本小女生在恆河石階上塗著粉紅色的指甲油，前方有瓦拉那西人在河水裡刷牙吐痰裸身沐浴。

關於印度的種種，總也說不盡。只能碎片碎影地補補織織。

關於印度的種種之於一個旅人就是關於新奇的種種就是關於不幸的種種，也是關於折磨的種種也是關於不習慣的種種。

關於不幸是最後旅人必須學習把心一橫，關於不習慣則是最後也都成了習慣。面對無數迎來如蒼蠅揮之不去的印度蒼生，光是四目交接都是一種沾惹，沾惹所損失的是自我的耐性或者悲憫或者是鈔票。印度人洞悉旅人的心態接近訓練有素般，先是招呼再是企圖繼之進攻最後是一路尾隨。彷彿他們天生熟悉扮演姿態、熟悉緊纏中不斷地釋放各種可能，而旅人卻從善意到好奇再到想要擺脫最後竟延伸成煩躁甚至生氣。

行經而過的四人座吉普車卻擠上了三十幾個人，前後

下圖：行經而過的四人座吉普車卻擠上了三十幾個人，前後左右頂上都是人，抓牢鐵桿一站就是三四個鐘頭以上。

左右頂上都是人，抓牢鐵桿一站就是三四個鐘頭以上。兩車交會時最為驚險了，在印度按喇叭是禮貌，貨車後面都寫著請按喇叭，我想是因為他們太愛超車了，或者該說印度的路都太窄了，都是單行道，一旦遇到慢郎中的牛車，只得超車。按聲喇叭是代表要超車了，要讓你的就會把手伸出窗外揮一揮。只有開車時，印度人不擅於等待。

然印度人的命很不值錢，印度火車出軌常是一死上千上百人。報紙報導出事的當地市長要賠償死者一萬盧比，竟然被臭罵一頓，原因是賠償金太高了，議會說賠一千元盧比就行了。一萬盧比不過台幣七千多元，一條因為建設差而意外賠上命的價值以金錢換算時竟是如此低廉。

印度，真是讓外來者在旅途中體驗靈與肉高高低低的折磨國度。

它也曾經具體而微地讓我感到美妙，像是在長途顛簸十幾個公路之後下驛喝杯阿薩姆熱奶茶和嚼片方烤出爐的薄餅配辣咖哩。它也曾經在我眼前不斷如實展現一種歷史記憶未曾斷裂的佛陀故事與建築之美，像是泰姬瑪哈陵與亞格拉皇宮等蒙兀兒王朝的花團錦簇明亮光燦。從如蒼蠅無邊無際漫飛的眾生群相躲入凝結在歷史光暈的觀光景點是印度在窮富之間最為兩極的感受。

總是觀看到斜暉染上了眼際，便一時忘了身在印度。可印度的微光無限寶貴，而過客如我光陰有限，肉身危脆只能快馬加鞭，深怕無法抵抗一切的劫毀瞬間來到。

常是這樣帶著時光短暫再美好也賞之不盡地悵然之心離開觀光景點，這時陡然又從皇宮盛世的華美回到現實世界的印度悠悠蒼生。

原本坐在樹下或地上的小販見到觀光客出了門都快速站起且追至身邊，拿著一串串念珠、一疊疊明信片、身披五彩圍巾、身扛叮叮咚咚項鍊耳飾……繞著人們轉啊

轉，放棄舊的一個，又追上另一個新來者，每天
他們要反覆多少次這樣的追追趕趕，起起落落？

　　人都極瘦，眞的是皮包骨，得著一種膝蓋以
下的Polio（小兒麻痺）疾病者以手當腳爬行於
地，如猴的殘人終生爬行在地，讓我想起以前鄉
下人常用台語罵人的話：著猴！是這樣殘酷雜蕪
的現境在前。有的乞討小孩見到穿著僧衣的台灣
出家人竟會不斷地低低哀憐著：師父，師父！阿
彌陀佛！阿彌陀佛！一百一百！

　　我仔細聽，沒聽錯，說的可是國語啊。

　　叫賣聲乞討聲當然是一路尾隨到人們上了巴
士，殘人以及瘦弱孩童孤寡老人悲傷婦人，猶然
在側大力地敲打著巴士的鋁面板，控！控！控！
每一聲都近乎一種怒吼。他們擅於日日對著旅客
不斷地以肉身昭告命運業力的示現與殘暴，哀鳴
與淚光像天邊一路追趕而來的烏雲。屬於印度人
底層的命運一如每年的雨季洪氾，我們都沒有辦
法替別人面對個體的環境與人文地域的興衰。

　　最終，旅人都把窗簾拉上了。

　　不忍見此，好像見了瞬間就要焚心而亡。然
我自己的陵寢未建，我們的腳程還要風塵僕僕地
堅忍下去。

　　生死悠悠，浮世飄零。
　　從癡有愛，則我病生。
　　但爲欲故，關在癡獄。
　　從昔以來，流轉生死。

　　一個幽黯與明亮交替的參觀旅程，絕美燦麗與腐朽衰
苦交鋒而過的片片刻刻，這是進入印度的入門必修功
課，總是起先一切都感同身受，最後卻變得一切眼不見
爲淨。

　　可眼不見爲淨對於一個寫作者的好奇是不可能的，爲

叫賣聲乞討聲當然是一路尾隨到人們上
了巴士。

此常感磨心，迷眞逐妄，甚多幻影重重。像是之前的我個人在印度的旅次，我在火車上買了個便當，一個小孩哀憐地賣著，手指僅探觸便當即無退貨可能，接下便當才知是索一百元盧比，簡直是貴翻天，給了也罷，內容簡直讓我食不下嚥。熱天裡，印度人如夜行獸，白天的長途列車裡看他們儘量不動著，只眼睛溜溜轉。一開始旅人傻，亂跑亂竄，始知在熱天裡如此很快便會耗盡所有體力。

在印度要學習在混亂中保有耐性與在長途旅程裡保有體力，還有面對雜亂的警覺，凡此種種旅遊書有明訓。在印度曾經遇過一個像是嬉痞又像是靈修模樣的久居印度之英國人，說是可以幫我買票到奧修營，我說只想買票穿過印度平原，並不想到奧修營。旅途總總細節不談，總之買了張很貴的票且不到目的地，是被他騙了。最後我只好制式地認爲在印度的老式英國人有的還眞如毒蠍，而印度人呢，伎倆卻是如蒼蠅般，讓人煩躁但還不至於疼痛。

印度眾生如恆河沙無數。

於今回想，前幾回的旅行，我初次夜抵新德里機場，在推車輪軸往來一派紛亂的吵雜狀態裡尋覓了自己的行李，耳朵的那片薄膜感覺似要崩裂開來。對，就是要崩裂之感，還有是氣味沾息的怪異，每一縷呼吸都滿含著無數氣味的兜轉，印度是個混雜氣味海綿體。在快節奏裡遲緩著心情，但仍不由自主地待步出海關大門，冷不

防迎面是兩排印度人站在走道的欄杆外圍張揚著牌子或紙張地望盼著旅客，沒有舉牌子的人則是睜著深邃但目光渾濁的眼光狐疑揣測著旅客的身分，臉色遊移者和落單者很快就會被這些守候的人快步盯上且跟上。我的驚訝不在於這些企圖接客和做生意的男人，而是這麼晚了，都快夜裡十二點了，玻璃門外竟是比下機場時還人影幢幢，人數之多讓我錯以為時間還早。

可真的晚了。

就在時間噹地一聲穿過另一個日子的凌晨時分，我才安然穿過了機場大廳，走出新德里機場外頭，第一口印度國度的空氣帶著一股濃重沈厚的灰塵與樹葉精油的氣味，恍然我有種錯覺以為身處在某個大工地之感，第一次聞到灰塵混著樹葉的氣味有種醒鼻作用，在心裡說著氣味絕對是我記憶印度的方式之一。

身處德里這座被稱為「Green City」的綠色城市，卻讓我感覺像是黑色城市。汽機車的柴油恆常冒著黑煙從身旁駛去，天永遠是珠灰色的，陽光的珠顏碧黃無法透亮射進這座大城。

幾千年的古城古國，不變的是什麼？在德里在朝聖途中我老想著這樣的問題。

之後的旅程，珠灰色天空一路尾隨，雜遝的氣味也常常凌駕在繽紛的視覺之上，甜膩的焚香、飽漲裂開的水果、腐爛的小動物屍體、濃烈至噁的精油，辛辣的咖哩、狐臊氣的人味……

只有牛糞和燒稻草甘蔗的氣味讓我莫以名狀，只好籠統說那種氣味是古老的鄉愁。鄉下有錢與否就看牛糞餅是否貼得滿牆，婦人圍著一團團牛糞用手拍打成小圓糊牆等烈陽烘曬，這一雙雙的手到了晚上換成拍打麵粉做薄餅。

手，最被高度使用的國度，印度人的身體就是他們自己的國土。

　　十一月中旬啓程至印度，古國已結束了每年的漫長雨季和夏日的熱浪苦難，每一年溽夏和豪雨都要奪走許多的驚怖生靈，旅客們也都儘量慎選季節前往印度。旅館在夏天關門者多，入宿時常是依稀還聞到上一季殘留的氣味。

　　夜抵機場，每一回夜晚飛越漫長的經緯線來到另一個陌生國度時，我都有一種恍惚的悠悠感，像是前世今生的陰陽離子在此陌生旅地的初夜交會交戰，無比怪異地揪著心，可定神一覷，卻又什麼也瞅不著地只餘一種氛圍飄飄逝逝，迷迷濛濛。

　　夜晚的機場，充滿倦容的旅人，寂寞的推車單音，鬆垮的步履，疲啞的嗓調……我們陌生地擦身而過，我們像午夜降落星球的影舞者，只有影子和影子在午夜的機場光暈裡閃閃滅滅。

　　我想再次述說新德里機場：這機場和其他城市的機場有很多的相同也有很多的不同，相同都是一些特定的名詞元素，當然像是海關推車輸送帶皆備，只是推車一下子就被好幾家子的印度人拉光了；而這機場很多的不同都是細節瑣碎的，像是廁所裡面站著個拿抹布穿著金色勾線花邊紗麗的婦人，她盯著我，我盯著她，彼此都有

的黑瞳深邃目光短暫交會，卻是一無所獲。我沒有留下銅板，她手上仍抓著沒有交到我手上的衛生紙，粉紅紅質粗粗的紙在她塗滿漢娜的黝黑指頭上透著怪異的色相，我的眼睛無聲地拍下了這張格放的照片，一隻黑色肌膚的手握著粉紅衛生紙。推開廁所的門想著有誰會在機場內就有換好盧比呢？這婦人手上的衛生紙要握到什麼時候？

我在印度！內心突響此語。

是的，我在印度，我必須戲謔地提醒自己才能安然超渡常常處於相對客體所帶來不適的身心掙扎。一座到了午夜還熱中於做生意的印度男人，外圍街道空間的昏黃燈下仍然是黑影柵柵，站著挨著蹲著，許多睜著烏亮亮精爍爍眼眸的印度男人在等著來客上門，他們如夜行性獅豹般地靜靜環伺在行經而過的人們身影，外人若稍停留張望即被其包圍需費一番功夫才能脫身。原來這空間的大量灰塵原係經過無數個白日所累積在空氣中，漂浮且久久不散，以致於當車燈的光線投射時，我見到了灰塵如魂被收攝成束，天空像罩了層毛玻璃。

一道道如微生物般地遊竄在白光裡，四周充滿了蒙昧與魔魅之感，印度的氣味交相摻雜其奇特一如職業乞丐的姿態造成的視覺幽幻，讓人悲傷慨嘆、且常悲喜無分無感，因為看多了印度人間刻板悲劇戲碼，最後只能麻木地任眼睛遊移在殘缺與病態之中，流轉在生死情欲的兩界。

我只是旅人，在這裡旅行還得必須不斷提醒地這樣簡單易辨的身分，提醒是為了讓自己的某種僵化的冷漠有所藉口，不斷地提醒是因為常常心情因之脆弱且難捱，竟是得靠某種堅毅的品行才能安然走過每個街頭巷尾，和每隻伸出索討的手掌說再見。

印度人願意漫長等待任何一個可能盧比掉到掌中的機會，他們常常無視於被車撞的危險突然就俯衝到你對街

的面前，還可以尾隨好幾個路口而猶仍不願放棄，他們可以等到太陽已經落到山的後頭了還跟在身邊亦步亦趨。在佛陀初轉法輪的「鹿野苑」聖地，一名老人始終跟著朝聖團體，從太陽高懸到黑夜來臨，朝聖團供燈梵頌繞塔靜坐，時光悠悠。最後，天黑了，他終於等到了為人服務的機會，他從白色的袍中拿出手電筒，幫我們照亮了暗路與企圖看見阿育王石柱上的巴利文。老者終於有了幾十元的盧比，他以漫長等待換取。

又或者像吹長笛的小孩，等待竹簍有人丟下十元盧彼時他便吹起長笛，讓拔去毒牙的眼鏡蛇舞動舞動。又或者賣面紙報紙的小孩，等待每一輛車子停下的光顧，又或者在恆河兜售小蠟燭的小孩，我懷疑他們幾乎是不睡覺地等待日夜光臨恆河的遊人，一船售過一船，小孩的身影在夜晚孤孤單單⋯⋯

為了盧比（當地人笑說一切都是為了甘地，因為鈔票上印著甘地），印度人都很擅於等待。

印度人還天生耐磨，耐擠，耐熱，耐吵⋯⋯可就是耐不住鈔票。其實這樣說是不公平的，因為他們的天生環境與社會制度是那樣的惡劣不公，有人形容為「五濁惡世」對於貧民而言實不為過。

當乞討和裸露病態都是一種手段與觀光之必要展示場時，黑暗之心只能常駐我旅印之心，再也沒有比印度更複雜更吵雜的國度了。

印度導遊小莫（Mukesh Yadav）最常在朝聖路程時掛在嘴上的話是：「這裡以前是個大城市，現在什麼都沒有！」繁榮佛陀古國現已是荒湮蔓草斷壁殘垣，確實是現在什麼都沒有。但沒有也是有，但見諸相非相，生生滅滅，榮華盛世轉眼急景凋零，此感受

阿育王石柱見證佛教盛世，於今印在印度的鈔票上，已成了印度國徽。

最是深。

　　V.S.奈波爾，諾貝爾文學獎得主，在一九六四年造訪母國印度，在吾等尚未出生時就寫下了《幽黯國度》，描繪了印度種種引發其震驚厭惡憤怒絕望羞恥的情緒，如今事隔三十多年，再行印度，這些情緒猶在。印度人自嘲：「印度從來沒有退步！」因為數十年如一日，變化不大，他們不說印度沒有進步，而是說沒有退步，這似乎顯現印度人的思維與擅於營生的本能。旅行途中，稻穗綠疇連延視野盡頭，讓人思疑，這麼豐饒的綠田，為何印度人還是赤貧？原因是這些田地都是集中在百分之二十的少數人私有財產者手中，印度百分之八十都是佃農與窮者。

　　社會制度的因襲之下，讓印度難以改變，因此印度從來沒有進步與退步，印度只有尊與卑，貧與富，苦與

樂，上與下，在八風中流轉不休。天界與地府，徘徊復徘徊，這一世不好就等著輪迴下一世。

當我黃昏再度徘徊恆河，相同的美麗小孩眼熟見我，再次跑來兜售放河燭燈。點燃後流放於河，靜坐一晌，覺得一股安靜。

靈魂之光再次捻亮眼前。宛如行經無憂樹下，一陣風拂，綠葉含笑，無憂無憂。

心安靜了，一切就了體會。

將碎光碎影，殘身殘心，皆放水流。這又是關於印度之於我的種種：人們起初到印度是笑的，最後也還是笑的，雖然中間歷驗種種。

智者先覺，便能改悔。

愚者覆藏，遂使滋蔓。

　　──《慈悲三昧水懺法》

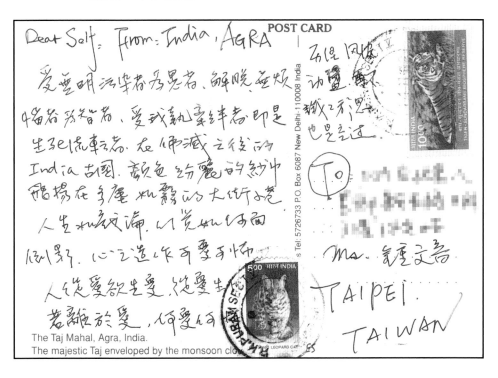

初現靈光

聖者的誕生與悟道

入如來室，
著如來衣，
坐如來座。
如來室者，
一切眾生大慈悲心是。
如來衣者，
柔和忍辱心是。
如來座者，
一切法空是。
——《妙法蓮華經》

佛教著名聖地

迦毗羅衛

藍毘尼園

舍衛國　拘尸那羅

吠舍離

鹿野苑　　　　靈鷲山

王舍城

菩提迦耶

藍毘尼園：佛陀誕生地
迦毗羅衛：出家前的希達多成長生活之地
菩提迦耶：佛陀成等正覺之地
鹿野苑：佛陀初轉法輪之地
王舍城：佛陀弘法之地，第一座竹林精舍，七葉窟
靈鷲山：佛陀說《法華經》之地
舍衛國：祇樹給孤獨園，佛說《金剛經》，佛為母說《地藏經》之地
吠舍離：最早成立比丘尼僧團之地
拘尸那羅：佛陀涅槃之地，金身火化之地

幾世紀以來，這條路有多少人踩遍了其中的每塊磚、揚起每粒沙塵，我們和前人的朝聖環境或許不同了，景象不同了，但是最重要的是我們的這顆「心」沒有不同。在《楞嚴經》裡佛陀向波斯匿王開示時即提到：「國王，你的形體從你年輕時到你老年時雖然改變了，但是你年輕時看的恆河，和你老年時看的恆河並沒有不同，看河的本能是沒有不同的。」

一想到我的步履所踩的是聖僧玄奘大師和法顯大師等人所行過的足跡，內心即一陣激動澎湃，前有古人後有來者，成就道心之路無數的行者依然絡繹於途。即使聖地已然傾頹，已呈瓦礫石堆，然而精神風骨猶存。

在漫漫多日兼且長途跋涉的路途，回望佛陀過去所成就的一切，用心體會佛法成就的歷程，再看看自己的生命，時空在此光芒交會，照亮我們長久被遮蔽的心，發懺發願，種下一顆菩提心。

關於佛陀的事蹟

西元前六世紀（約我春秋時代，距今兩千五百多年），就在印度社會職業分化和種族尊卑觀念和奴隸經濟制度急遽發展，城邦小國興起之際，征服與被征服者權力與剝削者兩端劃分為二的印度，卻誕生了一位智慧明光的覺悟者：釋迦牟尼佛。

二十九歲時的年輕人為希達多‧喬達摩（Siddhatta Gotama）在黑夜裡離開喜馬拉雅山下的王族之家。他僅潛行至妻兒房間，看他們一眼後便悄悄地離開了。

這樣的大出離一舉，影響了後代的生生世世。

佛陀從誕生、出家、成等正覺、初轉法輪、弘法說經、入滅的故事已毋須我再多述，坊間各書籍、各版本甚多。

此章節除了忝添我個人在當時隨僧團朝聖的乍現的點

滴感受外，書寫旨在簡單扼要地鋪成佛陀的一生足跡。故我將以朝聖地點為座標，從佛陀出生到苦行，悟道到講經說法及至入定涅槃的過程，以佛陀的出生到入滅的順序分二個章節書寫，以大致勾勒佛陀的蹤影圖像，旨在供一般大眾之朝聖時作為參考用。

眾所皆知，佛滅後，佛陀的故鄉歷經紛亂擾攘，於今現景多所荒涼，朝聖時常起人世生滅之嘆外，也不禁感慨萬物蒼涼與歷史幻化的無常。

至今在斷壁殘垣中依稀可見殘存遺跡，在遺跡中體悟生滅，誦經持咒，打坐禪定，是甚為珍貴的旅程。

佛陀於生前曾經提出四地點作為他入滅後供弟子常思之處：藍毘尼園（佛陀出生地）、菩提迦耶（證道地）、鹿野苑（初轉法輪處）、拘尸那羅（入滅處）。此四處稱為四大聖地。

不過一般都是全程走完八大聖地。若按旅程接駁的順序與方便性，朝聖順序通常是從德里進印度，德里－鹿野苑－菩提迦耶－靈鷲山－七葉窟－吠舍離－拘尸那羅－舍衛國－藍毘尼（在尼泊爾境內）。

誕生

藍毘尼園──佛陀誕生地

藍毘尼（Lumbini，又譯：倫比尼）是佛陀誕生地，過去隸屬印度UP省（Uttar Pradesh，即古印度「迦毗羅衛

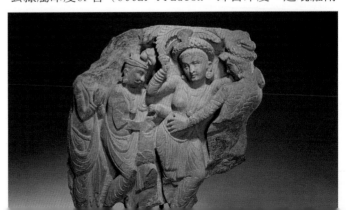

佛陀誕生浮雕。（世界宗教博物館提供）

國」），如今世事幻化已屬尼泊爾境內，在英統領印度一八五七年期間因尼泊爾協助英國平反印度內亂有功因此把藍毘尼賞給了尼泊爾，以致於到印度朝聖若想走完八大聖地，就得印度、尼泊爾兩國併行。

此園區在一九九七年，已被聯合國訂定世界文化遺產之一。

藍毘尼離印度邊界不遠，通過吵亂無比與辦事效率低卻索簽證費高的邊界後，再驅車至約三十分鐘車程的藍毘尼園約是午後四時。穿過販賣藝品的長長小販以及老小乞丐後，便可見到在園內入口有座廟，牆上繪著尼泊爾加德滿都四眼天神廟的兩個彎彎大眼睛，睨看著眾生。入口有座低矮的「摩耶夫人廟」，不甚光亮的狹窄空間中央供奉著摩耶夫人產子像，石像古舊不堪且模糊，但仍清晰可見佛陀誕生的畫面。相傳摩耶夫人係夜夢白象由右脅入，感而受孕，遂生佛陀。

當年玄奘在佛境一路行來，瞥見「澄清皎鏡，雜花瀰漫」的釋種浴池，並在附近見佛陀降生的無憂古樹，附近有阿育王石柱。這石柱刻有銘文說，阿育王治世時的第二十一年親至在佛陀降生地參拜立柱。

當我站在印度佛教藝術鼎盛時期的孔雀王朝阿育王所建的大石柱時，我亦緬懷玄奘大師當年仰望此石柱的姿態。前有古人，後有來者，續佛慧命。

阿育王石柱在一八九六年德國考古學家傅爾博士在密林中挖掘這座石柱殘蹟後，整個藍毘尼園的發掘自此揭開秘紗。

現今的藍毘尼園已和過往風光相去甚多，阿育王石柱被鐵柵欄環環包圍住，據說是爲了怕被偷盜。然石柱仍俯視眾生，上千年石柱在殘破中屹立著某種不移信仰，四周燭火環繞，各國在此所蓋的佛寺以石柱爲中心或遠或近地繞著園內。

景觀的最大變化是鄰近阿育王石柱周圍原本除了樹木

上二圖：藍毘尼的喇嘛廟。
下二圖：阿育王石柱。

外並無建築物，今年至此背後卻多了棟建築物，擋住了視野，正在扼腕之時，園內介紹此建築計畫的考古學家予我認識。

在此挖掘和建設的考古學家係尼泊爾人，受藍毘尼園基金會之僱，重新開掘釋迦牟尼佛出生的正確地點，並將挖掘而出的雕刻石像保存。阿育王石柱旁的建築體下方即是考古出佛陀正確的誕生地點，考古學家引我們進入建築體內部，指著某個圍起來的位置，裡面還蓋有靈修靜坐中心，由日本人出資。一九三二年尼泊爾政府在此挖掘，得一座摩耶夫人小廟，廟內現僅擺兩幅浮雕，浮雕刻畫著摩耶夫人右手攀無憂樹、希達多太子誕生像。小廟陰暗，浮雕亦已被燻得黯淡無光。

說起佛陀誕生於此地，必得談起佛陀的母親及印度的習俗。佛陀的母親摩耶夫人是迦比羅國臨邦拘利國的公主，「摩耶」之意為幻覺或幻相。

依照印度過去傳統習俗懷孕婦人需回娘家生產，於是摩耶夫人在臨盆前夕辭了夫家釋迦族淨飯王，在侍從和宮女隨同下乘坐轎子向娘家前進，途中他們經過藍毘尼園，摩耶夫人於此休憩賞園，就在她步行至婆羅樹下時，她手攀樹枝仰觀虛空之境，這時她的兒子也就是後來的希達多王子於其右脅降世。

聖人出世總有聖蹟異象，當時（四月初八）希達多王子出生即行走七步，步步生蓮，一手指天，一手指地，當時玄奘記載著：「菩薩生已，不扶而行於四方各七步，而自言曰：『天上天下，唯我獨尊，自茲而往，生分已盡。』隨足所蹈，出大蓮花，二龍踴出，往虛空中而各吐水，一冷一煖，已浴太子。」

「這是我最後一次生死，爾後將不再輪迴。」太子語畢天地間現瑞相，同時有位於三十三天的阿私陀仙人聞此消息入宮求見太子，並縱聲大哭，其慨嘆自己未能等及佛陀成道就將往生，他預言太子將來將出家修道且證得

無上正等正覺。

　　來到藍毘尼園，佛弟子除了誦經懺悔迴向供燈繞塔靜坐外，必然得聽聽這段傳奇中的傳奇。

　　藍毘尼是佛陀出生地，但通常安排在朝聖整個行程的最後一站，爲了順走哩程之故。因此通常朝聖團會在阿育王石柱周圍依例舉行供燈誦經，在此還有個重要儀式就是舉行朝聖的總迴向，僧眾在行程中所持唸之《慈悲三昧水懺法》和各部經典作迴向，唱七佛滅罪眞言及誦迴向疏文：「誦經功德殊勝行，無邊勝福皆迴向，普願沈溺諸有情，速往無量光佛剎，十方三世一切佛，一切菩薩摩訶薩，摩訶般若波羅密。」

　　摩訶般若波羅密，「摩訶」的意思是心量廣大無邊，大至有如佛國淨土之遍滿虛空；「般若」一般譯成智慧，不過此字意義還比智慧更深遠，此字有透視直觀深觀心性之意；「波羅密」是從煩惱（輪迴）的此岸到達解脫的彼岸。【註】

　　由於按里程行走順接的方便，因此在佛陀誕生地恰好卻是八大聖地朝聖之旅的最後一站，在佛陀誕生地圓滿結束，做了總迴向。正好體會生死循環是一體，誕生也是結束，結束也是開始，靈性自在，不生不滅。

　　在步出藍毘尼園，心道法師有句法語溜進腦中：「以《金剛經》爲對治方法，開始即結果，結果即開始。」

　　開始即結果，結果即開始，呼應了朝聖旅程結束在藍毘尼園，正是誕生即死亡，死亡即誕生，空幻一如，一如空幻。

　　在佛誕生處，觀緣起性空之無生遊戲。

【註】：古代譯經師在遇到多含（義）、尊重、此地無、密意等情況時，只隨文作音譯，而不作義譯；例如「般若」不翻譯是基於尊重故。般若有三，文字般若，觀照般若，實相般若。此字在佛經裡是常出現字眼，如用晚餐時默唸：「供養般若波羅密多」也是此意。

上圖：迦毗羅衛城的現在景觀。
右圖：往裡走有一片森林。

大出離

迦毗羅衛——出家前的希達多成長生活之地

迦毗羅衛（Kapilavastu）離尼泊爾邊境僅一公里處，此地是在一八九八年由英國考古學家發現遺址，一九七二年印度考古學家在此挖掘出釋迦牟尼舍利塔中的舍利子而確立。目前的舍利子存放在新德里博物館內。

過去的迦毗羅衛國現在分屬於印度和尼泊爾，許多人為了加以方便區分，於是稱尼泊爾境內的藍毗尼為佛陀母親的家，印度境內的迦毗羅衛國稱為佛陀父親的家。

史料顯示，釋迦族是約在西元前十世紀時從中亞南遷至印度北部的落腳地，離藍毗尼很近，但因兩城邊界未開，得繞路行。

未出家前的希達多王子在此度過童年青年及至結婚生子的歲月，其父親淨飯王即是迦毗羅衛國的國王，傳說

淨飯王婚後一直無子，其妻摩耶夫人直到三十歲某夜夢見白象而受胎。當時摩耶夫人算高齡產婦，加上來往娘家和夫家兩地往返，多所疲累，就在生子後第七天撒手人寰。淨飯王爲子命名希達多，意爲「一切皆實現且成就」，希達多後來由摩耶夫人的妹妹照顧成長，舉凡哲學、醫學、天文、地理、騎術、射箭無不精曉。

　　由於自小有仙人預言希達多將出家，淨飯王爲了消其念，於是給予了希達多王子更多的物質享受。但婚後的希達多王子在迦毗羅衛城生活雖無憂無慮，但當他出城門見到衰老的老人、乾枯的死人、煎熬的病人和流浪僧侶……他陷入了深深的思慮：「我可以免遭此一命運嗎？」他開始對生老病死引發的恐怖苦惱提出思索，此被後人稱爲「四門遊觀」。最後他在二月初八日告別熟睡的妻兒，奔向修行之路。離開迦毗羅衛城的希達多除卻華服，削去長髮，在苦行林一待就是六年。

　　離城那年，他二十九歲。

　　迦毗羅衛城曾是佛陀在此度過青年冶游歲月之地，此城曾是釋迦族富庶之邦，如今的迦毗羅衛城和其他印度佛陀聖地一般的空曠蕭條，除了某些人受僱看顧古蹟之外，放眼依然是雜草叢生傍著出土傾頹殘破磚牆，如出一轍的佛陀聖地古蹟，永遠是荒煙漫草圍攏舊址，乞丐小販在旁兜售著小雕像，熱情燙人，簡直比蒼蠅還讓人煩躁。

　　可有時片刻遠離小販獨行的安靜裡，不禁回顧那些人的眼神，眼神那般地深邃遙遠直讓人望之入魂，暗思在此城所相逢的人們也許是釋迦族的後裔也說不定，只是人心不古，覺悟之心蒙塵。

上圖：正覺塔，建築史的奇觀，塔高一
　　　百八十呎。
右一：正覺塔局部浮雕。
右二：金剛蓮花座石雕。

成等正覺

菩提迦耶——佛陀成等正覺之地

菩提迦耶（Bodhgaya）對佛教徒之朝聖者而言有如伊斯蘭教徒之於麥加聖地般重要，因此係佛陀成等正覺之地，意義非凡。菩提迦耶原名只有迦耶，因佛陀在此證悟才多了個菩提（智慧）。

高聳繁複建築物，人顯得渺小。塔外圍行乞者坐滿了一地，以老者和小孩居多，小販如蒼蠅一陣掠過，就屬寄鞋處小販生意最好，園內規定脫鞋。

菩提迦耶為長方形設計，穿過狹長走道，來到塔後的菩提樹下金剛座，金剛座即為佛陀成就無上正等正覺的地方。

玄奘大師來此寫道：「此金剛座，下極金輪，上侵地際，賢劫千佛，坐之而入金剛定。」、「世界傾搖，獨此不動，正法皆從此出。」

菩提樹已非當年佛陀打坐證悟之原樹，此菩提樹歷經多劫。傳說是原先阿育王為信佛前燒毀它，後來虔誠護佛後又種。到了蒙兀兒時代又遭入侵伊斯蘭教徒毀林，現下所見的菩提樹約莫上百年之久（相傳年代是一八七〇年），雖非是原樹，但卻也是從其開枝散葉的枝脈所生。當初佛陀時代的菩提子有人帶到斯里蘭卡等地播種，後來便又從斯里蘭卡攜回了種子再種。

　　阿育王時代是最大的護佛者，廣建塔外，此正覺塔也是由阿育王紀念佛陀正覺所興建的，到了笈多王朝於西元五世紀時重新修建，歷經多代塔損塔建，就是至今參訪時也還見到工人架著鷹架，大肆修築。建築材質是由硬質砂岩構成，中央尖塔式則是屬於典型的北印度寺廟風格。

　　塔高一百八十呎，進入正殿即見到如來金色身座，在黑暗四周散著金光，四處角落有喇嘛誦經。塔牆由佛龕築成，佛像繁多，新舊參雜，觀之不盡。

　　來到正覺塔（又譯：摩訶菩提寺）正面右方附近，在某棵菩提樹下，面對於正覺大塔有個小塔被稱為「目不瞬塔」，目不瞬塔的名稱是紀念佛陀在此七七四十九天目不轉睛地看著他自己的累生累劫的修道因緣，佛陀明明白白他在每個地方所結下的每一生每一世的因果。

　　當年希達多太子自言：「若不得正覺，絕不起座。」發大誓願，降伏惡魔，進入三昧（正定）的禪定境界。希達多仰望天上明星，大徹大悟，成就無上正等正覺（即梵語「佛陀」，覺者，解脫者）。

　　「釋迦牟尼」封號自此而來，「牟尼」意即寂靜、覺者、聖者，也就是「釋迦族的聖者」之意。

　　這年佛陀三十五歲，百千萬年來生死往來的生生世世因果，祂已了然於心。生死本是不二，勿執勿著。體悟六道眾生（地獄、餓鬼、畜生、修羅、人間、天上）終日各自造作，流轉於十二因緣（無明、行、識、名色、六根、觸、受、愛、取、有、生、老死），整個流轉的主體是苦，由苦展開一切生老病死的現象。苦因業生，

左圖：佛陀當年證悟打坐的金剛座現今　　景況。
右圖：菩提樹現景。
下圖：正覺塔內的金佛身。

上圖：進入菩提迦耶正覺塔成排乞丐與
信眾形成對比。
右圖：第七週拉札亞答那樹一景。

如此依業而循環不已。

傳說佛陀在菩提樹下打坐四十九天，另有說法是祂分別在此處的七個地方各坐七天。來到此地的朝聖團，會先從這七個地方開始認識起，先聽聞佛陀在此因果，並以想像力來到西元前六世紀的原始林處。

此七週分別為：

第一週在菩提樹下打坐。

第二週在阿彌薩塔，面向菩提樹金剛座觀望，意味著永莫忘成道之處，猶如國王不忘即位之處。

第三週在怎札瑪蓮花處。（此處蓮花仍盛開，有一印度看管人突然向你灑水，索錢）

第四週在拉答那卦羅佛像處，也就是天龍八部、梵天王、帝釋天皈依處。世間人尚未皈依，天神仙人先見到佛光而先皈依了佛陀。佛陀在此放出五色聖光，也就是現在全世界佛教旗的顏色：紅、黃、藍、澄、白五色。佛在此入定放出聖光，感應天上的大梵天王，因而明白世間已有佛出世了。佛陀在此為天人菩薩講經，在佛陀

悟道以後最早開講的即是《華嚴經》。《華嚴經》總共有七處九會，第一處稱爲菩提道場，即是指菩提迦耶悟道之處，天上的初轉法輪就是《華嚴經》，人間的初轉法輪在瓦拉那西的鹿野苑講「四聖諦」：苦、集、滅、道。

　　第五週在阿沙巴拉樹下禪定。佛陀在此宣說：「如是因，如是果。」印度依種姓制度有四大階級，婆羅門、刹帝利、吠捨、首陀羅。有一天有一群農夫來問佛陀，如果生爲什麼樣的階級，那麼生生世世就是那個種姓嗎？佛陀當時即告訴眾生平等的觀念，你這一生生成何種階級是因緣果報之故，佛法有一重要觀念是：「萬法唯心造」，一切的因果都是自作自受的，「諸法因緣生，諸法因緣滅」。

　　有生即有老病死，生的原因是有業。如是因，如是果，自作自受，破解了天神所造之說，人人都具有佛（覺）性，眾生皆可成佛首次在此宣說。

　　第六週在目沙拉答龍住的地方停留，因爲有龍居處故經常颳風打雷下雨，佛陀度化了龍而使天氣轉爲風和日麗，佛陀打坐時，有龍王保護。也有一說是此處是蛇王居住所，佛陀在此入定時整個天氣突然狂風暴雨，感應了蓮花池裡的蛇王，蛇王爬至佛陀背後，在佛陀打坐時，眼鏡蛇升起他的兩翼在佛頭上形成保護傘蓋，替佛陀遮風避雨。水池岸邊立有一阿育王石柱，係紀念佛陀成道後受梵天王之請，住世說法廣度眾生之處。

　　第七週在拉札亞答那樹處，有兩個緬甸商人行經，有地主神告訴他們佛陀心凝寂定，歷經四十九日，未有所食，若能隨身奉上食物，必獲大善利。此二緬甸商人朝禮佛陀，除了將行囊中之米麨和蜜獻上外，並向佛請法。那時佛陀剛好從菩提樹下證悟，遂傳法給他們，二人成了佛陀成道後最早獻食者，也當場皈依了佛法二寶；由於當時未有僧團，佛陀並贈八根頭髮，讓他們攜回緬甸以建佛塔。現在這八根佛髮還供奉在緬甸仰光的

為數眾多的藏人和喇嘛們在菩提迦耶修行靜坐、供燈。

大金塔。據說當年這二人回到緬甸時，緬甸國王和大臣聽說此事，還以身浸河水迎接船隻，在河面上迎請佛髮蔚為美談。這也是如今緬甸大金塔的源起，這是兩千五百年前的事蹟了，如今大金塔周圍佛光普照，許多修行人在那持誦經典及禪坐。

　　七處參訪過後，在菩提迦耶正覺大塔唱誦及各自找地方作一百零八遍的大禮拜，信眾各自進入自我的修行功課，此日朝聖團是過午不食的，並舉行一日一夜的八關齋戒。

　　靈鷲山的法師在旁向我們說，八關齋戒在佛陀成道處「菩提迦耶」處修行是很有福報的。而這個福報到底有多大呢？

　　「過去佛陀在菩提樹下要成佛之前，有一個魔王波旬來搗亂，派了他的女兒干擾佛陀，結果佛陀在那個時候有甚深禪定力和大智慧故，所以魔王無法得逞，然魔王卻不認輸，他竟覺得自己的福報應該比佛陀大。於是佛陀就告訴魔王說，你今日生為大化自在天的魔王果報，有如此大的福氣，這是因在過去生中，有一次在佛陀證悟

的菩提樹下修一日一夜的八關齋戒，所以今生才得到大
法自在天的果報。」靈鷲山法性法師如是說。因此在聖
地修持八關齋戒之福報是不可思議的。

　　眾人唱誦著：「往昔所造諸惡業，皆由無始貪瞋癡，
從身語意之所生，今在佛前求懺悔。」

　　之後朝聖團並開始繞著正覺塔唱誦南無釋迦牟尼佛本
尊佛號，四周佈滿著喇嘛和從斯里蘭卡來此朝聖者，整
個大殿內外都是人。

　　傍晚發下了小蠟燭，供萬盞燈。小燭佈滿整座寺塔的
外圍，千盞萬盞一起點燃，並做一百零八遍的禮拜，整
座正覺大塔蘊滿了光的慈悲希望與智慧的力量。

　　相傳玄奘當年到菩提迦耶時跪在菩提樹前，回想著佛
陀如何在夜中的第一時觀想三界萬物起伏，存在律動的
昇降；如何在夜中第二時（夜晚十時至凌晨二時）審視
自己的一生；第三時（凌晨二時至六時），觀想人類痛
苦，獲四聖諦和八正道，頓然開悟，無明消失，正覺智
慧，黑暗消融，光明頓現。彼時玄奘五體投地，至誠瞻
仰，悲哀自傷，思及此熱淚盈眶：「佛成道時，我不知
飄淪何趣，緬惟業障，一何深重。」

　　一代唯識宗師尚且如此，吾一介凡夫，更應為生死漂
流涕零。

　　後來玄奘到了當時有世界佛教中心之譽的那爛陀大
學，問道求經五年，才一解未親逢佛陀時代的懊惱。最
後攜回六百多部經典回返中原，影響後代不可細數。正
是因緣成熟，終成正果。

　　午後，搭上巴士前往尼連禪河。

　　至菩提迦耶必得參拜正覺大塔外，定然會前往鄰近的
苦行林、尼連禪河等地。

　　出家的希達多王子來到當時許多苦行者修行的苦行
林，體悟了不知正法者為輪迴所苦，但他還未悟道，他
在尼連禪河（Nairanjana）烏留頻羅村（Uruvela）的寧

上圖：眾人唱誦著：「往昔所造諸惡業，皆由無始貪瞋癡，從身語意之所生，今在佛前求懺悔。」
下圖：有人徹夜禪坐，感受極為殊勝。

靜林園裡修行，日夜凝望河水悠悠，就這樣度過苦行六年，在未突破瓶頸時他進行著嚴厲的絕食，據《巴利文中部經》描述當時的他已到骨瘦如柴，摸肚皮卻可摸到背脊骨的地步，但他希冀藉此達到無上解脫涅槃境地的方式還是破滅。

　　苦修者欲冀進入天界，但是天界仍然無法脫離生死輪迴，求生於天界僅能免除人間之苦，福盡仍得返回輪迴，非究竟之道，這仍是一種執著。

　　這樣苦修的希達多差點喪命，思及心靈的進展緩步，於是對苦行開始起疑，他想到以此羸弱之身要通抵通悟的智慧之路已不可能。據說就在此時一位牧羊女行經其旁，唱著歌謠，內容大約是「琴弦太鬆音不成調，太緊聲不悅耳，不鬆不緊音聲方悅耳優美……」希達多聽了震驚不已，豁然明白身心一如琴弦，不可太鬆太緊，於是他知道極端的苦行和極端的縱樂都是錯的，極苦極樂皆無法獲致平穩安靜的身心和諧。肉體受苦，心反而亂；身心享樂，易耽於愛慾。於是希達多放棄苦行，他走出苦行林，入河水沐浴，並在幾近昏厥極為羸弱中接受牧羊女蘇嘉塔（Sujata）供養的乳糜。

5

當我一路風塵僕僕來到尼連禪河外的烏留頻羅村，村外茅草篷下坐著幾個小孩臉龐髒兮兮的，眼睛瞪得老大，看見相機倒笑得燦爛，大腿就是桌子，課本就擱在上頭。一個年輕老師坐在茅屋外唸著課本，原來這就是小學了，簡陋到讓人起了憐惜。篷外有個角落掛著一個本子，趨近看著捐獻本，捐獻給學童，這樣的捐獻似乎比較具體，不至於隨手給乞丐顯得輕薄。但據說連這個募款也都是假的，見到外人來，召喚幾個學生念書做做樣子，不管如何，在印度虛假莫辨，隨喜便是。

慈悲需以智慧作前導，我再次感受到這話的深意。

只是當步入村內，尾隨的一群小孩幾乎帶著跟我們到天涯海角的姿態，趕也趕不走，印度導遊小莫說：「不要給小孩錢，他們不去上學，要錢比較快，如果遊客給他們了，他們習慣了這樣生活就會一輩子當乞丐了。」

村落幾戶人家上了年紀的勞動者皆靜止地盯著外來者看，少男少女和孩童則緊跟著我們伸手索討。乞討者通常都學說了這句吉祥話：「阿彌佛陀！」為了錢自己的宗教可以先放下，有的小孩發著類似「媽媽！」的音調。總之一切都是為了幾塊銅板。路旁除了稻草和牛

1～2：昔日苦行林風光。
3：紀念牧羊女之處。
4：釋迦牟尼苦行像。（世界宗教博物館提供）
5～7：烏留頻羅村現貌，千年的來變化不大。

6

7

上圖：入尼連禪河外的村莊，當地小孩
　　　在戶外唸書一景。
下圖：行經尼連禪河，風光悠遠。

糞，還可見到比人高的香茅草，香茅過去曾被用來編織
祭祀用的坐墊，因此也稱吉祥草。吉祥草如今黯然，密
生著一種野性，一如印度小孩未加馴養的姿態。

　　有個抱著小孩的少女定定地跟著我，當我目視她時，
決定為她留下身影，相機舉起時，我知道她願意給我拍
是因為知悉我會給她一點錢。因深恐小孩一轟而上，所
以我故意落後步履，一切無言，她竟洞悉，一路跟隨，
直到我拍下了她。這樣的交易，自是難受。

　　沿途盡是翠綠油亮的稻田蜿蜒在視野的盡頭，直到不
知穿越過幾畝稻田風景轉成遼闊的白沙與高高的樹影，
間或幾隻白色棕色馬匹在樹下歇息，尼連禪河的風光優
美入瞳，目及河的兩岸樹林叢生，幾千年風光不變，只
是至今已無苦行者在林中，苦行林之詞只是徒增我的氛
圍想像。

　　步行至尼連禪河，許多法師和眾人已經脫下了鞋，往
河水行去。冰涼的水讓腳踝舒暢，得以一洗塵勞。

OFFERING NOT AL...
BY
SUPERINT...

再現時空

佛陀的弘法與入滅

無無明
亦無無明盡
乃至無老死
亦無老死盡
無苦集滅道
無智亦無得
以無所得故

——《般若波羅蜜多心經》

鹿野苑（Sarnath）是佛陀爲人間初轉法輪之聖地，從此地佛教開始有了佛法僧三寶，佛陀在此剃度了五弟子，自此有了僧團。不論南傳或北傳佛教，常見一個法輪的記號，法輪旁邊各跪著一隻鹿，此即是源自鹿野苑的象徵。

佛（釋尊）法（四聖諦）僧（五比丘）三寶成立。

初轉法輪

上圖：五比丘在此迎佛陀之地，佛陀在此宣說「四聖諦」。
中圖：五比丘塔局部浮雕。
下圖：朝聖團依序不斷地供燈、繞塔誦經迴向。

鹿野苑——佛陀初轉法輪之地

鹿野苑，原名Migadaya，Miga是鹿、daya是園之意。現在鹿野苑的印度名稱爲Sarnath（音譯沙爾蘭特），Sar是沙門、anth是無主人之意，沒有主人的修行地，倒也十分符合現在鹿野苑一片荒涼之景。

傳說此地充滿了鹿、孔雀、鱷魚……一派自然原始。此地有個故事我很喜歡，故事開始是很久以前，在這裡的森林山洞處曾經住著一家人，父母雙雙眼盲，兒子侍奉雙親至孝。某日瓦拉那西國王來此打獵，不愼竟射中了他們的兒子，命在旦夕。梵天王見了，告知他的父母：我是梵天王，我可以爲你們達成一個願望，下面的三個願望你們僅能擇一選：一願是希望你們的兒子活過來。二是希望你們的眼睛能恢復所見。三是希望擁有黃金。這對父母的回答是「希望我們能看見兒子拿著黃金回來。」眞是聰明啊，在這樣的危難時刻，一個回答即包含了三個願望。故事後來是大圓滿，他們恢復光明，看到兒子捧著黃金地活回來。

據說此兒子即是佛陀的前生，而其父母是淨飯王夫婦前世。

當年佛陀從菩提迦耶行走遙遠的路來到靠近瓦拉那西城的鹿野苑是爲了化度當初伴隨他苦修了六年的五個侍從，原因是當時佛陀悟道後深感眾生煩惱深重諸多邪

見，難解正法，他幾經思維觀察，認為應從當初跟隨他的五位苦行僧開始度化，因為初向人間說法，必須有一個修道的根基者才能夠接受這樣殊勝未聞的法水，而這五比丘已經具備苦行多年的基礎。當時那五名苦行僧見到佛陀從遠處行來打算不睬他，因為五人心中還對當時佛陀放棄苦行且還接受牧羊女的供養感到不苟同。

佛陀從菩提迦耶走了十四天才抵鹿野苑。

當佛陀走向那五個人，這五人見到佛陀的容顏莊嚴發光深深地為之吸引，佛陀「威儀寂靜，神光晃耀，毫含玉光，身真金色。」這法相莊嚴，讓人心悅誠服。

五比丘見了佛陀卻震懾於其莊嚴，情不自禁地走上前去向佛陀致敬，有人接過其衣缽，有人替他準備座位，有人端水為其洗腳，有人準備毛巾等。就這樣佛陀在此先是對他們說：「比丘，汲汲於兩邊以求正覺，終歸徒勞無功。何謂兩邊？一者耽於鄙俗無益的欲樂，一者苦行自勵，同樣無所裨益。」得中道者即得安詳正覺與涅槃之道。並首次對他們宣說了四聖諦（苦集滅道）和八正道，並教導他們如何修行悟道。

苦集滅道，簡言之是：「苦」，人生在世受到生老病死種種苦的逼迫；「集」，這些苦的原因來自人以我為本，眾生執迷「我」，而生貪瞋痴。如想解脫苦，必須修「道」，修道，方能進入寂「滅」之路。

當時這五大弟子分別是憍陳如、阿舍婆誓、跋提、十力迦葉、摩訶男俱利等，稱五比丘。佛陀道：「善來比丘，鬚髮自落，袈裟著身。」自此五比丘隨佛開始弘法行自利利他的工作。

在《金剛經》裡常可見到「憍陳如等五比丘」等字眼為起頭，此僧團的因緣即起源於鹿野苑。所謂「初轉法輪」即是指佛陀在此第一次宣說佛法並有了弟子，也就是佛法僧三寶的開始之源。五比丘之一曾說一偈：「覺者可見明，亦可知無明。愚者不見明，亦不知無明。」

當初佛陀及其弟子在鹿野苑的僧院說法遺址。

　　之前的那個故事傳說還提到當年佛陀在鹿野苑初轉法輪所度的五比丘和第六位比丘耶舍等五十六人的前身曾經是此園的鹿群，佛陀在鹿野苑告訴比丘們：**「我們並非是今生今世才在此相會的，在很久以前我們的因緣即結下了……」**

　　在奔波的小路，先是望見五比丘來迎塔，即是當年五比丘迎見佛陀之地。塔無特別之處，但是標誌的精神卻無以倫比。於今塔外的小路兩旁盡是簡陋的矮舍，牛和小孩老人在樹下草篷下望著我們。

　　鹿野苑就在前方了，有許多的黑影在前方迎著。心想如果他們是五比丘迎著旅人該多好！看著許多小販手裡拿著佛陀石像和一串串的明信片即知人們為了溫飽的激烈競爭。

　　抵達鹿野苑時，通常都是先到鹿野苑對面的博物館參觀出土文物和於今僅存的鎮館之寶阿育王四獅子柱頭石柱及佛陀雕刻等。

　　然後再穿過成群叫賣小佛小像的小販和流著兩條鼻涕的丐童，再之急急忙忙進入鹿野苑園區，此時小販和丐童趴在欄杆處，和我們阻絕了，片刻裡世界呈現了兩極，喧鬧與安靜，塵埃與靜肅。

　　鹿野苑入口處附近的大圓平台，傳說此平台為佛陀宣說《無常經》之法台，阿育王將之建為四十二點六呎高的塔，如今僅剩不到三米高的平台了。

　　一七九四年瓦拉那西國王曾派人至此塔考古，曾覓得佛陀舍利子盒子，現存放於加爾各答博物館。

　　鹿野苑現址於今可見到的珍貴遺物是被圈起來保護的阿育王石柱遺跡，石柱可見巴利文。當年寺院遺址處仍可見屋舍建制規模，地下

道、石亭等。原本阿育王石柱立有六根，六根代表著眼、耳、鼻、舌、身、意。

滿園寬闊的遺址仍見當年阿育王時代的寺院牆基，散落的小塔在綠意盎然處，初轉法輪的大塔突出於大地之上，笈多王朝繼之修建的建築依然是今日佛教徒的精神標誌。佛陀在此爲五比丘講四聖諦、八正道……五比丘開悟證阿羅漢果。

鹿野苑的遺跡目前所見大抵是阿育王時代蓋的塔與僧院，亦盡毀於伊斯蘭教徒之手。塔只剩覆缽式的圓形基座，依然是紅磚塊疊成的塔，部分牆面有久遠的浮雕模糊著歲痕。大塔分上下兩層，上層是圓柱形紅色砌磚而成，下層石造基座爲石鼓狀。塔牆周圍原有石壁佛像，現在已空，仍可見的是幾何圖案和花鳥人形等，古樸歲月之美是我所能用的形容詞。

印度的落日總是大如紅火團，在園內一點一滴地燃燒光芒，樹林線條漸漸如炭筆之墨黑，邊界銷蝕，連我都不見自己的身影。唯塔前磚牆邊有燭火搖曳微光，是日已過命亦隨滅，如少水魚斯有何樂，大眾當勤精進如救頭燃。

我在此繞塔梵唱時，不禁感嘆前世悠悠，爲後有來者而潸然落了淚。繞佛念佛聲聲穿越千古，穿入蒼穹，刺入無明的心。

安靜下來禪坐，感受此處磁場甚大。夕陽餘暉灑落紅磚舍塔，最後連餘暉也消溶，僅餘風中之燭光閃曳，我

佛陀初轉法輪的鹿野苑於今風貌。

的心就如那風中之燭，搖曳不定，幻影重重。

　　傳說鹿野苑得名是因當年此地野鹿成群，而附近的林野又因苦行僧在此集結得道亦名為仙人林。

　　而我在此，陡然照見自己的俗相凡身。可佛陀尊者們教誨：一定要相信自己這一世即可悟道成佛，要有此等大信與決心。在鹿野苑除了出現佛教史第一個僧團外，也在此首次有了在家眾，據聞佛陀和五比丘在鹿野苑第一次結夏安居時，當時有個富豪子弟名喚耶舍（Yasa）厭倦奢華逸樂的空虛無度，在偶然機會聽聞佛法大喜，耶舍於是發心出家，其父（耶輸伽父）為了尋子，也跟著來到佛陀座下，聽聞了佛法而得眼淨，成了第一個優婆塞。

　　並自此又帶引了共五十五位友人出家加入了僧團，之後又有耶舍的親友們也跟著父子信了佛法，成了第一批「優婆塞」（男眾）、「優婆夷」（女眾），佛種開枝散葉，自此傳承了下去。

弘法之地

王舍城──佛陀弘法之地，第一座竹林精舍，七葉窟

　　王舍城（王舍城為古名，現名Rajgir，拉查基爾）是佛陀時代西元六世紀位在恆河以南的摩羯陀國（Magadha）的首都，王舍城的意思是「皇室宮殿」，當時由於國王的邦誼天下與睿智領導，王舍城成為北印度的宗教改革之地，故吸引不少修行者與僧團前來此地。

　　佛陀在王舍城講經說法十數個雨季，第一座竹林精舍（Venuvan）即建於此，佛的幾個大弟子如目犍連、舍利弗、大迦葉等即是在此皈依，並有千餘多弟子跟隨至此。竹林精舍是由迦蘭陀長者將其竹園供養給佛陀，故又稱為迦蘭陀竹園，竹園後方有個美麗的水池稱為迦蘭陀池，池中魚群碩大肥滋。

登七葉窟中途，經世界和平塔。

當時的摩羯陀國的頻婆沙羅王，派專使延請佛陀到宮中說法。

國王問佛陀：「佛陀，您說沒有『我』，那麼果報是由哪一個來受呢？」

佛陀答說：「果報是由眾生受，但是連要受的果報也是幻的滅。心與境的遇合，只是空與空的聚合。好比石頭相碰可以迸出火花，水可以泛起泡沫，但是石頭並不就是火花，水也並不就是泡沫。」

人有六根（眼耳鼻舌身意），向外攀緣客體六塵（色聲

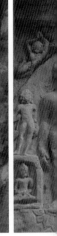

香味觸法），心與境相遇再起五蘊（色受想行況蘊），如此「我」的自業造作循環不已，生死流轉。

頻婆沙羅王和其臣屬聽了，頓然開通而感受清涼，皈依了佛陀。頻婆沙羅國王皈依佛陀後，且為佛陀建造僧舍，並常做大佈施，供養十方僧眾。

「竹林精舍」是佛陀在南方摩羯陀國的弘法道場，與北方舍衛國的「祇樹給孤獨園」，可以說是南北兩大弘法的中心。

位於王舍城郊區山頂上的七葉窟，佛陀曾在此駐達五年之久，佛滅後，佛弟子五百羅漢第一次在七葉窟經典

集結。

　　登七葉窟是一趟襖熱、辛苦的腳程，想像當年五百羅漢登頂必然十分壯觀。

　　來到王舍城郊山，荷槍警察和登山的旅客隨行，說明了此地治安差的境況。穿過印度教廟宇以及在沐浴池的印度村民後，一路攀爬階梯，山徑四周盡是岩山，山下是井然的稻田，天空濛濛的如放了層遮霧片般，某些小丐童一路不死心地跟著旅客爬階梯，竟是跟到了山頂還不放棄，來回去了兩三個鐘頭，這些丐童就這樣跟著，

登七葉窟一路上的山洞浮雕。

有時會發出半乾嚎以博取同情的抽抽噎噎聲，若不小心和他們的眼神對望交會了，鐵定死纏一番才能過關。

　　七葉窟在山頂上有多座洞窟，當年的洞窟大至可容千百人，第一次集結的經典是由當佛陀的侍者阿難的口中所記錄下來，阿難有多聞第一的稱號，其有一本領即記憶力強，「經藏法教」由阿難誦出、「戒儀律藏」由優婆離尊者誦出。經由五百羅漢認證結集，奠定了佛典的源頭。

　　七葉窟還有個傳說是，據悉當時的五百羅漢原僅四百九十九位，阿難由於皈依後立即被佛選為侍者，隨侍佛

陀逾二十五載，在當時由於他忙於侍奉佛陀且尊重世尊
和他人勝於自己，對慈悲的修持遠過於不放逸，所以佛
滅度後，阿難未證得阿羅漢。豈知就在所有羅漢都集結
洞內，洞外有緣領略佛陀教法奧義最多的阿難，內在的
殷憂無人體解，內心惟恐佛陀悲智圓滿的法教將徒然因
為自己的粗疏懈怠，而不能將佛陀教化眾生的本懷流傳
利生，尤其當大迦葉以指控犯下五過且未證阿羅漢來激
化阿難，他的內心自有無限辛楚與焦迫不斷奔湧，於是
便立即發奮精進，當天晚上就證得了阿羅漢果。

　　當阿難發願專心在外獨處，即短短幾小時達到阿羅漢
境界，他當場從已經封閉的小洞口飛入集結地，當場完
成五百羅漢集結經典的偉大歷史一刻。

　　我們氣喘如牛地登頂，洞窟已封埋不得進，堆滿了石
頭。一路跟隨的賣花環童這時發揮了銷售威力，眾人也
軟了心，並想買花可供佛，遂一一購之，花環售盡，孩
童方紛紛離了去。

　　七葉窟山洞已大多坍塌，我和幾個靈鷲山的法師們在
印度導遊小莫的帶引下，由一個窄小的入口穿進，起先
還能彎著腰走進，沒行幾步即得全身趴在地上匍匐爬
行，洞口低矮，黑暗無光，但因能至歷史的現場還是一
種悸動的巨大引力，故幾個人仍全神爬行貫注念佛。外

面有其他法師和朝聖團團員在誦著〈大悲咒〉，梵音透過山壁在黑暗中傳至我的耳膜，宛如海潮音，又彷若遠古荒腔悲心低吟。我進去之後隨著法師供燈，並在七葉窟洞窟遺址蓋塔，為眾生及朝聖者祈福。石塊堆疊的塔在梵音和燭火中顯得莊嚴無比，在陰幽低窄的洞窟中更顯得一明破暗的覺者之心。無法進入者則在洞窟外誦〈大悲咒〉。堆好了塔，點了燈，待供燈完畢，再爬出洞穴。從靜肅的黑暗中，迎見外界亮光，好似也經歷過一回的生死。

出了洞口，在山頂眺望王舍城，城鎮係一盆地景觀，綠野田疇，四周是岩山環繞。下山依然山階一重又一重，行乞隊伍再度現身，或者該說他們從來沒有離去。

經過印度教廟宇和水池，印度人忙碌營生與祈求。

一切如常。是我們的來去如風，介入了他們的尋常的生活。

至靈鷲山時，太陽轉紅正在前方一丁點地沈墜，煙嵐已起，涼風已拂。

靈鷲山──佛陀說《法華經》之地

印度有座靈鷲山，台灣也有座靈鷲山，有人問心道法師何為真？心道法師妙答，分別即假，不分別即真。

靈鷲山（Gridhakuta），因有著突出的岩石似鷲頭，而得此名。

在恆河看日出，到靈鷲山看日落，一河一山，一樣的太陽，不同的氣氛，前者悠悠緩緩，後者蒼蒼茫茫。一者雜遝，一者孤高。至靈鷲山時，太陽轉紅正在前方一丁點地沈墜，煙嵐已起，涼風已拂。背後的山色是突出於山階的岩石狀若鷲頭，鷲頭映著霞光，雖無萬丈之芒，但卻氣宇軒昂，灰岩山帶，巍峨奇厥。猛然再望，鷲頭上的一輪淡淡銀色月光已現光輝，日月輪迴，遠劫久來，流浪生死。

奇哈薩山環繞著王舍城的五峰中以靈鷲山風景最為秀麗，玄奘形容：「泉石清奇，林樹森鬱。」早於玄奘兩

左圖：阿難尊者修行山洞附近。
中圖：往靈鷲山石徑。
右圖：靈鷲山日落。

世紀的法顯大師也曾登頂至此，祈禱供燈獻香，並於山峰打坐一夜。

我們後人尾隨步履，行徑如出一轍。千百年來，求覺之心皆然。

佛曾經說法的平台講壇為印度笈多王朝所建，仍是紅磚塊圍起，獨立於山頭一方，視野寬闊如在雲端。此山頂廣大的平台即是當年佛陀宣說《法華經》、《大般若經》之地，佛陀在此駐留十二年。上至靈鷲山頂得爬行甚多山階，其中會經過佛陀四大弟子的修行洞窟，簡陋質樸的山洞裡於今是許多佛弟子供燈朝拜之地，阿難的洞窟是比丘尼和女眾必然禮佛之地，因為阿難度女眾的因緣之故。

往靈鷲山山頂平台處立有招牌，上面大約寫著此遺址是根據中國唐玄奘大師所寫的《大唐西域記》，所考古出來的。

隔天四點即開始朝山，朝山時要想像著六親眷屬全跟隨己後，觀想本師釋迦牟尼佛在前。朝山的動作是一跪一拜誦一佛號，先從左腳踏出後，開始唸誦佛號：「南無本師釋迦牟尼佛」，接著右腳跟進，然後趴下禮拜懺誦：「往昔所造諸惡業，皆由無始貪瞋癡，從身語意之

所生，今在佛前求懺悔。」起身，如此動作一再反覆，一路從山下朝拜至山頂，在朝山時，經過專注的動作與心念。

我的心似乎從未有過如此的安靜與專一，人也因為穿著海青，黑色衣莊嚴，感覺似在內心出了家，感到無限的輕安，體會三昧，心住於一。

朝山讓人想起一代偉大宗師虛雲老和尚的發心發願。廣欽老和尚曾說：「虛雲老和尚時，赤足，一只椅，背包袱，度飢過日，朝到那裡算那裡，明天的明天再說，心中無所住，都有龍天在護持，我們就是沒有願，有願則什麼事情都可以做得到。」

上心下道法師曾提到朝（拜）山的方法和意義：「拜山的人都有很多祈禱，最好的祈禱就是願一切眾生能夠離苦得樂。把一切的煩惱拜掉，三步一拜，第一步斷貪，第二步斷瞋，地三步斷癡。貪瞋癡一齊斷除。當我們在拜山的時候，要將身心供養一切眾生，令諸眾生遠離一切煩惱。拜山要想解脫煩惱，一切都得放下。要能看得破，心才會平靜。拜山就是要將一切的計較，不平都放下。無人、無我、無眾生、無壽者相，就沒有煩惱了。」

佛陀四大弟子分別為舍利弗，智慧第一；目犍連，神通第一；大迦葉，頭陀（苦行）第一；阿難，多聞第一。一路先經阿難尊者修行山洞，再經舍利弗尊者修行山洞，最後到了靈鷲山山頂會經過大迦葉尊者和目犍連尊者山洞。如果時間許可，可進山洞靜坐一晌，在窄小山洞裡感受能量。或者，也可以進行供燈，禮拜，迴向之儀式。

倒是有一小平台，就在阿難尊者山洞前面，據聞撿起一顆小石頭，背對著小平台，然後將石頭往後一丟，如果小石頭有丟進小平台即代表下輩子會出家，因為阿難尊者是為女眾祈求佛陀剃度者。

結果我將小石往後一丟，在平台邊緣轉了轉，打滾一

抵達靈鷲山頂天微亮，山風起兮，誦
《金剛經》。

番便往外掉，掉在小平台邊邊。我想這樣也好，如眞有此隱喻，那掉落平台周圍，也是護法之一種，若定要落在某個位置，也是執著。

抵達靈鷲山頂天微亮，山風起兮，誦《金剛經》。

靈鷲山是我感受最不「印度」的地方，特別是行至山頂時，單純還原爲天地一原人。日落蒼茫，日出聖潔，有過此二者體驗，靈鷲山再也無法忘懷，已成了雋永的心影。

出了平台，入口擦鞋匠依舊在，我才想起我在印度。往山階走，沿途依舊是販賣著品質差的明信片小販和行乞的老人小孩後，我不免回望來時路，山峰已然煙雲四合，感覺世事南柯一夢。

祇園之音

舍衛國——祇樹給孤獨園，佛說《金剛經》，佛爲母說《地藏經》之地

舍衛國（或舍衛城，爲古名。現名Sravasti，音譯：斯拉瓦斯提）是佛陀時代嶠薩羅國的首都，城中有名富商名曰「須達多」，時常濟貧救窮故人稱爲「給孤獨長者」。孤獨長者聽聞當地有一位大智慧的佛陀遂生無量歡喜心與渴慕之心，有回便獨自前往求見佛陀並請佛陀能夠至舍衛城弘法，佛陀答應他之後，給孤獨長者便在舍衛城尋找一個可以讓佛陀講經說法之地，當時他看中最好之地是隸屬於祇陀太子的花園，他見了太子並提出買地之請，太子不肯但又再其不斷懇請下遂出了個難題以讓給孤獨長者知難而退，太子說：「如果你能用黃金鋪滿這座花園，我就將它賣給你。」

未料長者馬上派人將自己倉庫的所有黃金拿來鋪地，整座花園頓時鋪滿了黃金，太子知曉後心驚且佩服，心想這長者能夠發如此之大的供養心便答應賣給他，太子

本身則將地面上的樹林供獻給佛陀。所以現在這個地方便稱爲「祇樹給孤獨園」，簡稱爲「祇園」。

《金剛經》開場白即寫道：「如是我聞，一時，佛在舍衛國，祇樹給孤獨園，與大比丘眾，千二百五十人俱，爾時世尊食時，著衣持缽，入舍衛大城乞食，於其城中，次第乞已，還至本處，飯食訖，收衣缽，洗足矣，敷座而坐。」

經典提供了一個想像還原的畫面。

須達長者在此園裡蓋了一座精舍，供佛陀及弟子們說法和安住，精舍即名爲「祇園精舍」（Saheth Maheth），禪門所宗的《金剛經》亦是在此宣說。佛陀弘法四十五年，周遊十六列國，在祇園結夏安居長達二十四年，此處是當年弘法聖地，最重要的據點。

這裡有個故事傳聞是有位女居士以其美貌受外道所誘，陷害佛陀，以烏龜（又有一說是以臉盆）偽裝成懷孕大肚子狀來到了精舍誣賴給佛陀，這時傳說梵天王變成了一隻老鼠咬斷了綁在女人身上的繩子，結果龜殼便掉了下來，揭穿了騙局。

佛陀應化故事皆非常吸引寫小說的我，津津有味地看著故事的生滅。每個故事都活生生地像戲一般，有動機，有荒謬，有幻覺，有血有淚，有起有落，有報有應。人生如戲如夢，當如是觀。

正是《金剛經》四句偈：「一切有爲法，如夢幻泡影，如露亦如電，應作如是觀。」

如今的祇園荒涼，落日在樹梢墜下時間遺痕，然斷壁殘垣，仍掩不住那股澎湃如雷貫耳的梵音在我心頭霹靂徹響。

置身在廣大約有八十頃大的祇樹給孤獨園，僧院講台祭壇佛塔無蹤，唯基座遺址輪廓依稀可見，依然可以認證出佛陀講經台，僧眾在此列隊於遺址中央，頂禮做晚課，繞佛，梵音繞林，靜坐片晌，並在《金剛經》說法

台供燈，誦《金剛經》，感悟、迴向。

　　《金剛經》是影響巨大的經典，當初禪宗六祖慧能還是柴夫時，在客棧忽然聽到「應無所住而生其心」時，頓然開啓開悟學佛之心，足見《金剛經》對於明心見性之重要。

　　現下來到當初佛陀說《金剛經》的平台誦此經典，眞是頗有認祖歸宗之感。

　　隨後再至《阿彌陀經》說法台打坐一番，流連此間。

　　但見時光已近黃昏，陽光降下熱溫，一片金黃碎影，紅磚襯綠影，楊柳擺曳末稍，菩提樹高聳，深愛這孤獨之美。但深愛也只能是當下，否則又會是另一種愛執心起。

　　佛陀也曾在孤獨園爲弟子羅睺羅（原爲佛陀在家時的獨子，後來佛陀證道曾一度回到迦毘羅衛城弘化，眾多國族王子蒙其感召發願出家，其子羅睺羅便是僧團第一個未成年剃度出家的小沙彌）說法，包括減低讓眾生貪愛肉體感官的「不淨觀」，修定正念的「觀呼吸法」和四無量心「慈悲喜捨」。

　　佛陀當年棄絕宮室，揮別妻子，因緣接續，獨子成弟子，此時才圓滿。

3　**4**

祇樹給孤獨園的命名讓人片刻就有了內在的安靜，火宅清涼，除了幾個印度老人和小孩不斷兜售菩提子菩提葉和小小泥佛像外，這一切是如此的天地孤獨，旅者獨孤一味。

「給孤獨」，周濟貧窮孤獨的人，此名含意深美。

步出園外，經祈園入口附近有一高大菩提樹，繫滿了西藏祈福的五色旗，許多喇嘛在此靜坐誦經。此菩提樹的原生種來自菩提迦耶的菩提樹，傳聞當年由阿難尊者所栽種，故名「阿難尊者菩提樹」，不過此樹歷經更迭，應是由斯里蘭卡菩提子再傳入種植，相傳已是第三代的樹種了。

這時我不免又想起給孤獨長者的故事。傳說到了晚年由於過往業力之故，給孤獨長者喪失所有錢財一貧如洗，但他仍一心供養佛法。他想他還可以種一棵樹，將來樹大了，讓人遮涼，佛陀還可以到樹下說法。此一心念發出，力量深廣，傳說長者晚年又過得不匱乏了。

在舍衛國巡禮祇園精舍後，到舍衛國附近山丘，參拜佛陀上昇至三十三天之忉利天宮，為生了他之後第七天便往生的母親摩耶夫人說《地藏經》之地，以及《阿彌陀經》說法台。此二處皆在小山坡上，得爬行一些坡路方可抵達。

關於為佛陀塑像的起源也自此處起，據說當佛陀靈肉上昇至忉利天（又譯兜率天），因天上一日等於人間三個月，弟子們非常思念祂，因此派了個工匠升天打造佛陀形象，造了一尊和佛陀完全一樣的檀香木佛。據說此檀香木佛，眼睛朝著天望，此為佛陀首次有了人間造像的

1：僧眾在此列隊於遺址中央，頂禮做晚課，繞佛，梵音繞林，靜坐片晌，並在《金剛經》說法台供燈，誦《金剛經》，感悟、迴向。

2：置身在廣大約有八十頃大的祇樹給孤獨園，僧院講台祭壇佛塔無蹤，唯基座遺址輪廓依稀可見，依然可以認證出佛陀講經台。

3～4：祇樹給孤獨園的命名讓人片刻就有了內在的安靜，火宅清涼，除了幾個印度老人和小孩不斷兜售菩提子菩提葉和小小泥佛像外，一切是如此的天地孤獨，旅者獨孤一味。

5：步出園外，經祈園入口附近有一高大菩提樹，繫滿了西藏祈福的五色旗，許多喇嘛在這裡靜坐誦經。

5

傳說。

　　佛陀在舍衛國鄰近山丘昇上忉利天，但是是由桑卡利亞（Sankasya）下來人界。桑卡利亞不一定會排進行程，視行程天數緊湊而定。此地原是繁榮之地，現已是落寞蕭條小鎮，有佛塔遺跡等。此地又稱爲「阿育王的象之都」，此地在考古遺跡時發掘阿育王時代建造的象頭石柱而得名。

比丘尼成立

吠舍離──最早成立比丘尼僧團之地

　　吠舍離（Vaishali）是佛陀約在三十九歲左右遊化講學之地，在這裡佛陀首次接受了女眾出家爲僧伽，此在當時社會引起極大的反應，也是不凡之舉，佛陀在當時不僅打破種姓制度，也打破了兩性界限。

　　第一位請求出家的女眾即是如母親般慈愛扶養佛陀長大的佛陀之姨母摩訶波提夫人，當時此夫人還帶引著國族妃女及佛陀俗家時的妻子耶輸陀羅竟共數百人之多浩蕩地來到佛陀淨住之所，請求佛陀接受女眾進入僧團出家修行。

　　當時世尊沒有答應，他認爲她們在家清靜修行即可，其姨母問了三次皆得同樣答案。當時這個姨母出家心已決，返回後遂向其他跟隨婦人說多說無益，要展現堅定決心明心。於是剪了頭髮換上粗敝襤褸的布衣，餘人皆效之。

　　後來佛陀來到吠舍離，這幫女眾亦隨之，未料世尊依然不允接受她們來到僧團，這姨母背身後痛哭，阿難知曉了原委遂代她們請求世尊。世尊源於當時印度環境和教團制度因此拒絕女眾出家，然而阿難求了三次，他當時聽了不禁嘆了口氣，想是因緣已到，這是眾緣和共業的關係，遂在有條件之下允許這數百名釋迦王族的婦女

受戒出家，從此有了「八敬法」，女眾終於可以出家即是從吠舍離開始，這也是爲何比丘尼非常感恩於阿難。

佛陀自從收了這批婦女爲比丘尼後，曾有年輕的比丘問佛陀該以如何的態度對待她們呢？佛言：「慎勿視女色，亦莫共言語。若與語者，正心思念：我爲沙門，處於濁世，當如蓮華，不爲泥污。想起老者如母，長者如姐，少者如妹，稚子如子，生度脫心。熄滅惡念。」（《佛說四十二章經》）

在阿難舍利塔及佛入滅後第二次經典結集之寺遺跡旁另有一寺，此寺名曰愛瑪巴利卡女居士寺，女居士寺有個動人的故事。傳說愛瑪巴莉卡女居士原本是一位長得美麗無比的妓女，靠著姿色賺了不少錢，在某因緣下皈依了佛陀後自此過著居士清規生活，並每日供養僧眾，供養係以戒臘爲序。其中有位僧人尚未輪到他卻心已難耐想見著名美女的騷動，待好不容易輪到他時，晚上便難以入眠，一早即速速穿上乾淨袈裟往女居士家去。到了她家，到處問人美女居士在哪，那日僧人不巧遇上愛

如今荒涼的佛陀遺址。

瑪巴莉卡生病，病容奄奄。未久女居士過世，佛陀交待暫時先不處理遺體，將其遺體放在房間內，並要人打鼓通知眾人可以免費和其同房了。

原來動了慾念的僧人見了她的死狀，自是再也不願意和其同房了。佛陀便在當下為僧眾講《無常經》。肉體死了，僵了，貪慾就無所住了，人常因著相而忘了無常的本質。

看了這故事，體會了佛陀因緣說法的妙心。而那美女居士死後，眾人不再趨之若鶩，念頭都跟著腐朽了。這故事充滿傳奇，但是說來也很尋常，妓女當下皈依頓悟的故事很多，我們不也經常聽到殺人魔放下屠刀立地成佛的故事嗎。故事如出一轍，頓悟無關各行各業，也無關階級，只是悟也有小悟、大悟、領悟、徹悟、證悟之次啊！

入滅涅槃地

拘尸那羅──佛陀涅槃之地，金身火化之地

「現在我已走到路的盡頭，……請依靠自己，以法為唯一的火炬，以法為唯一憑藉。」

佛陀弘法悠悠已過四十五載，佛陀從吠舍離行走了兩百多公里的路程，花了三個月的時間來到了拘尸那羅。

拘尸那羅是佛陀時代十六國中最小的一國，佛陀預定入滅處也僅是個公園大般的原始林。阿難曾經問佛陀為何選在此入涅槃，佛陀答以原因有三：一是過去諸佛皆在此地入涅槃，二是各國國王的婆羅門國師皆住在此城，三是最後一位弟子須跋陀羅已經在此了，在入滅前尚有與他的師徒因緣要了。

來此路途巴士奔波十幾個小時，路況仍差。

玄奘大師當年來此更是艱難，路途廣如叢漠，野生動物於途，強盜橫行於叢林。當年的荒蕪村鎮和城牆廢

來到拘尸那羅的佛滅處名「臥佛殿」，
佛入滅前側臥的姿態莊嚴，頭向北方，
足朝南方，面向西方，全身約六米長。

墟，於今因為朝聖團的履及，小鎮顯得熱絡，但熱絡只
是人來人往增多，貧窮的寂寥感仍充斥其中。

佛陀在入滅前，和弟子來到了拘尸那羅（Kushinagar）
的娑羅樹林中，弟子阿難在兩棵大娑羅樹之間為佛陀架
設了一張睡榻。

娑羅樹的樹皮白青業潤，因佛陀入滅而出名。玄奘來
此遺跡時描述了佛陀在此就著簡陋水井汲水而飲時的感
受：「周匝咸赫，靈異時現，天樂聞偶，奇香隱約。」

在沙羅樹，佛陀頭朝北且右脅朝下側臥地在娑羅樹中
休憩。據說當時並非是開花的季節，但當時那兩棵娑羅
樹卻一反常態地繽紛著花色，風起兮，落英飄至佛陀之
身，這時佛陀告訴侍者阿難：「這娑羅樹神以非時華供

上圖：印度人也會前往朝拜佛陀入滅的臥佛殿。

下圖：舍利塔（世界宗教博物館提供）

養如來，這不是真供養。」阿難問：「怎麼樣才是真供養呢？」佛曰：「能受持佛法並實踐之才是真供養佛。」

其時，一名外道苦行僧須跋陀羅，年已一百二十歲，聽說佛將入滅，此人自忖：「我對正法有疑，唯有佛陀能為我解惑。」此人連夜感至佛所，欲見佛陀，但求三次都遭佛陀侍者阿難的拒絕。佛陀聽到他們的對話，知道了須跋陀羅誠心求法，於是便喚阿難讓他晉見。須跋陀羅見了佛陀，問道：「其他苦行僧是否也能同樣地證悟真理？」佛答：「只要他們能持八正道，便能證悟真理。」於是須拔陀羅請求隨佛出家受戒淨修梵行，時夜未久便證阿羅漢，此為如來在人世最後的聖弟子，佛先度之而後佛後滅。

佛在入滅前向弟子說：「弟子們啊，一切皆無常，當精進修行莫放逸。」語畢即入滅。

印度一般人是採取死後立即火化儀式，但佛陀在涅槃後七天七夜都抬不動，原來是有弟子尚未來到，一直要到了七天七夜後，佛陀才從涅槃地抬出到火化場，就在佛陀大弟子大迦葉尊者來到此向其頂禮後，佛陀才引發自性的三昧真火，火化了此一色身。佛肉身火化成八萬四千餘舍利子（佛教修行者遺體焚燒之後，髮、肉、骨成珠狀或塊狀的顆粒），後均分八國。

來到拘尸那羅的佛滅處名「臥佛殿」，佛入滅前側臥的姿態莊嚴，頭向北方，足朝南方，面向西方，全身約有六米長，台座上並刻有耆婆醫師，阿難尊者和須拔陀羅、梵天王等。此臥佛雕像據悉係十二世紀的作品，當時曾經為了逃避伊斯蘭教徒的破壞一入被藏在地底，直到十九世紀才被挖掘出來且經過後人重新拼貼補修。臥佛底下的基座浮雕作品則為五世紀的作品。原留有三層遺跡，分別歷經阿育王孔雀王朝、貴霜王朝、笈多王朝的修築，最後遭到嚴重破壞。

臥佛殿外的娑羅樹高大，菩提樹夾道，殿內有不少印

度人和藏人喇嘛及緬甸等佛教徒在此禮佛。

　　來自靈鷲山的法師們和朝聖團在來到此地的路途唱誦著：「天上天下無如佛，十方世界亦無比，世間所有我盡見，一切無有如佛者。」

　　進入臥佛殿內，眾人梵唱著：「善哉解脫服，無上福田衣，我今頂戴受，廣度諸眾生。善哉解脫服，無上福田衣，奉持如來命，廣度諸眾生。」邊梵唱邊供佛大衣，金橘色佛大衣鋪上，一時整個臥佛殿曳曳生輝，莊嚴殊勝。

　　靜坐片刻，體會生死寂滅。

上圖：來自靈鷲山的法師們和朝聖團在
　　　來到此地的路途唱誦著：「天上
　　　天下無如佛，十方世界亦無比，
　　　世間所有我盡見，一切無有如佛
　　　者。」
下圖：拘尸那羅現在光景。

1：驅車到鄰近的佛陀金身火化場，原
　有的塔亦傾毀，然無損精神。
2：台灣東北角福隆靈鷲山無生道場的
　左臥佛。（靈鷲山佛教教團提供）
3：臥佛殿一景。

　　出了臥佛殿，漫步園中，繞後方紀念塔和阿那律塔，
阿那律是紀念佛陀弟子阿那律因天眼第一，他親眼見到
佛陀入定，直到快天亮時入涅槃的聖蹟之舉。

　　在「臥佛殿」時，想起台北的靈鷲山無生道場大殿的
佛也是臥著，呈入滅涅槃相，不同是拘尸那羅的佛陀入
滅相是「右臥」，而靈鷲山的臥佛是「左臥」。針對此問
題，開山和尚心道法師回答：「這是世上少數之一的左
臥佛，《金剛經》說，不要以行、住、坐、臥相去看
佛，『若以色見我，以音聲求我，是人行邪道，不能見
如來。』我們在行住坐臥間，任何一個地方都要離相觀
心。這尊臥佛叫做涅槃佛，涅槃的意思就是指心性。」

　　「佛在靈山莫遠求，靈山就在汝心頭；人人有個靈山
塔，好向靈山塔下修。」正因爲佛陀在靈鷲山開演眾生
成佛的無上妙法，三世諸佛也恆常住於靈鷲山，足見這

個聖地對佛教徒具有重要的意義。

　　而台灣的靈鷲山道場叫作無生道場，無生的意思就是涅槃。涅槃的心性是無來無去，無有動搖、無有現象。而法師對弟子的教育是破相，不執著任何一個角度，不希望他們心外生心。學佛終究以心為主，任何的現象與變化都是虛妄不實的。

　　不要見相取相，心如涅槃，無所從來亦無所去。在佛陀入滅處，當如是體會。

　　想著想著泛著淚光。耳聞梵音。

　　之後驅車到鄰近的佛陀金身火化場，原有的塔亦傾毀，然無損精神。每到一處聖地即各自尋找一塊空地作一百零八遍禮拜，供千盞燈，繞塔唱誦三皈依。月光在日光尚幽亮時已然昇起，漸漸地，落日隱卻，月光明燦，輝映著舍利塔基座上的燭火，鵝黃晶亮。宛如佛陀從白毫間放射月光三昧般，在這樣的旅地感到自己的無比輕安。

　　我們一行人在此靜坐觀想一晌，直至暮色低垂，星月已起方歸旅店，整個心充漲著喜悅，正是善緣俱足，圓滿無礙，法喜充滿，永恆是不生不滅，不增不減。

文明璀燦　那爛陀佛學盛世

願我來世，得菩提時，
身如琉璃，內外明徹，淨無瑕穢，
光明廣大，功德巍巍，
身善安住，燄網莊嚴，過於日月。
幽冥眾生，希蒙開曉。

——《藥師琉璃光如來本願功德經》

當我站在唐朝聖僧玄奘大師歷經千辛萬苦至此求學的那爛陀大學（Nalanda）時，內心眞是百感交集，百感即意味著莫以名狀，只能孤立風中仰嘆。彼時午后的陽光灩灩地灑在古老的石佛雕像，紅磚的縫與縫閃過無數的光芒，像是人類恆久的智慧財般在此曾經閃耀，雖然於今印度佛光黯淡，僅存歷史與經典，以及朝聖者的心靈。

在此之地祈願爲何？但願擁有諸大論師般的智慧和辯才無礙啊。

若有人問我，我最景仰的旅行文學家和地理學家，那當屬玄奘大師了。當然我個人也有個小小的自許，因爲和玄奘大師同天生日（農曆二月五日），所以也就私下自許發願當以他爲師，願學習其堅毅孤旅精神與雄辯和廣博精深。

玄奘影響《佛經》的翻譯及傳入中國實在是太浩瀚了。光是其中最小部分的《心經》其影響就已如恆河沙數般綿廣無盡，何況其他大部頭經典。

他不獨是一代佛學大師，更因早年求經甚切聞法甚殷，而完成了絲路行奇險，邊疆與印度的奇風異俗給予了後人不少的想像力開發。而他的旅行基於願力宏大，竟以一介孤僧穿過大江南北，走遍千山萬水。

雖其最初宏旨自是非關旅行，但因取經而完成了高難度的路線，故亦可說是中國第一位傑出的旅行家和旅行文學家《大唐西域記》與翻譯家（譯七十三部經論、總數超過千卷）。

他當然不只是偉大的旅行家，文學家，更重要的是他是個偉大的正覺者與廣度眾生的菩薩。

玄奘大師在近代的西方更被探險家和考古界譽爲關鍵時刻阿拉丁的神燈一般，展示了寶藏的所在；他的遊記照亮了仍是黑暗的時期，因此後人才能在斷簡殘篇一窺印度古代地理的全貌。

那爛陀大學遺址，廢墟裡的靈光猶在。

　　玄奘大師所著的《大唐西域記》記載翔實，宛如明燈，給予了印度考古調查團的考古學家和藝術史家無數啓示。《大唐西域記》原是玄奘爲唐太宗所寫的政治報告書，他返國後唐太宗徵召他入宮，爲此他寫了這份報告書呈上，在書寫的細節非常完備，詞藻優美。

　　現在我們行走的八大聖地路線，也是當年玄奘所行過的朝聖路線。這些佛陀遺跡是由英國考古學家康寧漢（Sir Alexander Cunningham）挖掘考據出來，康寧漢即以玄奘爲師，以《大唐西域記》英譯本爲主，循著玄奘的足跡在印度各地探索，從而找出了主要的失落掩埋的古城與佛教遺址，曾經沒落的佛物也才出了土，再次綻現佛光，且讓後來的修行者有了心靈的皈依。八大聖地佛跡行，可見到現場的地名標誌大量引用玄奘《大唐西域記》來標明和測量。康寧漢讚譽玄奘當年的旅行範圍簡直是「無人能望其項背」。偉大的行者玄奘在離那爛陀大學城幾公里處有個紀念塔，是由中國出資以世界和平塔的方式來紀念玄奘的西域取經行。

當初挖掘時所拍的歷史圖片。

　　關於他的故事，在中國還引起章回小說的想像，清代吳承恩所寫的《西遊記》是一本有趣的故事，只是書中把玄奘大師完全寫錯了個性，玄奘法師的睿智與堅毅在小說家筆下成了個懦弱者，有違史實。故《西遊記》只能從小說價值看，不可以史學觀。

　　曾經那爛陀大學見證了印度的繁華盛世，以及佛學的萬丈光芒，此地是歷代中觀、唯識所有諸大論孕育之地。如今中觀和唯識即是屬於整個藏傳佛教的思想基礎，幾乎所有的仁波切泰半辯才無礙口若懸河，能夠宣

講佛法，此爲論學之要旨，論學是當年那爛陀大學重要要的思想系統之一。

當時的那爛陀可說是一所名聞各地的國際大學，在西元七世紀玄奘至此取經時即已景況繁榮，玄奘形容：「印度伽藍，數乃千萬，壯麗崇高，此爲其極。」足見在盛世時曾經有萬餘學生，兩千多名教授，來自亞洲各地的學生湧上此大學。而玄奘則可說是中國有史以來最偉大的留學生，當時玄奘要返回中國時，曾受到全校的歡送。我站在那殘破的校園一隅想像著那樣的盛況盛景，人生哲理的論辯沸沸揚揚，校園充滿了哲人文風。

在西元五世紀時中國的法顯也曾到過此地，但顯然當時並未有這樣偌大的學校和僧院，史載五世紀前此地還是個小而安靜的小村莊。不過，佛陀的兩大弟子目犍連和舍利弗則出生於附近的Upatissa，舍利弗晚年且回到出生地入滅，在那爛陀大學還可見到原先放有舍利弗的舍利塔基座。

那爛陀在印度話有「賜蓮之地」或「神知之地」之意，在《大唐西域記》裡玄奘另解此意爲「施無厭」，當地曾出了一名悲憫眾生布施無限的國王，人民故稱之。

在印度孔雀王朝滅亡之後，印度曾經陷入將近五百年的黑暗期，直到西元四世紀出現了笈多王朝，印度才又統一。到了西元五世紀時，在笈多王朝鳩摩羅笈多王（Kumaragupta）的支持下那爛陀方創建了佛教大僧院，當時第一任校長是龍樹菩薩。彼時國際大學規模未立，直到七世紀左右笈多王朝的戒日王護法熱忱，擴增寺院僧房以及修學設施，廣聘大師，那爛陀國際化了，也成爲世界最早的大學之一。

持續挖掘的那爛陀大學遺址。

在唐朝時，這所大學即聞名中國，玄奘大師聽聞此校一心向學取經，他花了三年時間才來到這裡，千里迢迢，求法之心感天動地。玄奘在西元六二七年來到印度，當年他二十六歲，求法心切，歷經千辛萬苦與生死

交關。

在那爛陀大學他待了五年，是生也是師。玄奘大師爲何來此地取經，因爲那爛陀大學除了學生老師多外，經藏共九百萬餘卷，爲了收藏這些經卷校區內有三個大殿，其中有座大殿高達九層塔樓。在一九一一年阿富汗入侵印度遭大肆破壞，據悉敵軍擄殺之後，總共費了六個多月的時間才將典籍焚燒殆盡。

如今仍可見到層層而上的紅磚色樓梯，這些樓梯分屬不同世紀加蓋的，有五世紀、七世紀和九世紀等各時期。

如今仍可見到層層而上的紅磚色樓梯，這些樓梯分屬不同世紀加蓋的，有五世紀，七世紀和九世紀等各時期，因爲收藏經書和學生之多逐漸擴建。在萬餘名學生的盛世時期，校區更擴建圖書館和多處大殿、講堂、學生宿舍、浴室、廚房、貯藏室等。

印度導遊小莫指著一處諾大的空間說原來此地是米倉，光糧倉之所即有上百坪之大，可見留宿學生之多。還有就是學生宿舍也頗有趣，亦分不同時期陸續擴建，早期的學生宿舍如今已在地下室，規格約兩個榻榻米大小，有趣的是入內還可見到一個極低矮窄小的禪房，僅容一人入內，高度僅打坐之高，無法站立亦無法轉身，在那樣窄小的洞窟裡靜坐，定然是無念無欲。

　　那爛陀大學採師徒相承的正法，玄奘來此有幸被當時印度宗教領袖戒賢大師收納為徒，玄奘並參加修息文法、因明學、梵文等課程。玄奘當時對那爛陀大學佩服不已，曾寫道：「僧徒數千，並俊才高學也。德重當時，聲馳異域者，數百餘矣。或行清白，律儀淳粹；僧有嚴制，眾咸貞素，印度諸國皆仰則焉。請益談玄，渴日不足，宿夜警戒，少長相成，其有不談三藏幽旨者，則形影自慚矣。故異域學人，欲馳聲聞，咸來稽閒，方流雅譽。」

當時數千僧眾常常住於此寺院、大學外，並有許多在家眾的研究人員和學者，當時寺中每日動用百名法師講學。

　　當時數千僧眾常常住於此寺院、大學外，並有許多在家眾的研究人員和學者，當時寺中每日動用百名法師講學，僧眾必須學習大乘佛法，小乘十八宗以及吠陀、文哲醫、天文地理文學語文等，課程廣泛。熟悉因明、文法和文史哲學是為了辯才無礙以折服對手，醫學當然是濟世救人，玄學是思維再求精進。

　　玄奘當時位居最高一級，精通五十部經論以上者才能居於此級，當時據說登上此級的人在上千上萬人中僅九人而已。

　　難怪，玄奘被譽為是中國第一位最偉大的留學生。之後，玄奘回返中國，廣利群生更是不在話下了。

學生宿舍只容一人的打坐高度與寬度。

　　在七世紀時期那爛陀大學所建的學生宿舍則可容兩人居住，據當地導覽小莫解釋兩人居住是採學長學弟制，現今仍可見到簡陋質樸的石床倚牆而建。

　　在地下地上的往昔學生宿舍區域流轉，不知玄奘大師當時住的是那一間，若是能考據出來定然讓人有在歷史現場的動容，典型在凤昔。

　　學生宿舍質樸，講堂亦然，清一色沾了古老歲痕的紅磚上並沒有太多青苔附著，想來此地並不太潮濕。但在其他的殘缺中餘存的建築卻仍可見到大量的佛雕，雕工猶見華美，在斜暉下佛目慈藹，佛顏透亮，殘缺也能有如此的絕美，何況當年盛景。

　　玄奘居住此院時對於當時看出去的風景他的描述是：「那爛陀寺爲六王相承，各加營造，又以磚疊其外，合爲一寺，都建一門，庭序別開，中分八院。寶臺星列，瓊樓岳峙，觀疏煙中，殿飛霞上，生風雲於戶牖，交日月于軒簷。……印度伽藍數千萬，壯麗崇高，此爲其極。」

　　考古學家在那爛陀一帶挖掘的面積已經超過十五公頃，出土的古蹟日益增多，目前可見一座九層建築、六座寺廟和十幾座修院，建材皆是紅磚。那爛陀西區有許多寺廟分布，以薩利普特拉窣堵波最為莊嚴雄偉，佛陀的第一大弟子阿難即是那爛陀人氏，死後葬於此。這個窣堵波就是阿育王為了紀念他而建的，塔分三層，刻有多座灰泥佛陀像，描述佛陀弘法事蹟，四周還有不少大小林立的窣堵波，是為了紀念來那爛陀大學求學途中不幸身亡的學生所建的。如今這些窣堵波附近可以見到遺跡，但多已殘破，唯雕刻作品與淺浮雕尚依稀可見。

　　那爛陀大學在幾個世紀下硬體陸續擴建，但是這所大學是如何維持軟體運作以及師生學校的日常開銷似乎是個大哉問，據悉當時戒日王以一百個村莊的稅收來作為對那爛陀大學的供養，另外學校當地的兩百多戶村民對於護學之心也不遺餘力，許多村民日日供應食物的原料和日用品供養學生們，於是來此求學研法的僧人學子不必再出外托缽，在學校經院中更能專注研修佛學。依《慈恩傳》記載由村莊兩百戶人家提供數百石的米、酥和乳品，以及衣服、飲食、臥具和湯藥供養。根據玄奘的記載，他每日可以分配到的物品是：「擔步羅果一百二十枚、豆蔻二十粒，龍腦香（樟腦丸）一兩、供大人米一升。」

　　「供大人米」是一種只產於摩竭陀國大如黑豆色香味俱全且只供國王和有成大德食用，故得名。

昔日校園一景。

上圖：講台。

右圖：舍利塔的各個角度。塔上雕刻繁
複絕美。

「供大人米」名字獨特。

至於用餐地點在現場並無發現大餐廳，據考證可能是直接送到各僧房食用，依鼓聲或是法螺來告知。至於沐浴，「時而百人，時而數千」景象壯觀。沐浴淨身畢，在大庭中禮佛朝拜誦經，光想像十分莊嚴法喜。

學習和討論無稍間斷，持續至黃昏作晚課止。

到了天黑入晚，必然思及普賢菩薩警眾偈：「是日已過，命亦隨減，如少水魚斯有何樂。當勤精進，如救頭燃，但念無常，慎勿放逸。」

至於打板時間，巡行三百僧房領唱，「分至各堂唱禮，每回朗吟三至五偈，全堂可聞。」數千人誦經，此起彼落，各自精進，一聲常聲法螺響起後，僧人或繼續用功或可打坐或入息。

這所大學如前所述，在當時不僅研習佛學經書，開的課亦十分廣泛，包括傳授婆羅門教的吠陀經典，另外舉凡天文地理、醫學、數學、文法學和藝術建築農業等均涉獵修習，專業與通識並進。

當時授課的方式是採研討論辨的方式，小班制，以思

辨爲主，講究老師和學生的互動關係，而不是上對下的授課方式，可謂是「教學相長」。

然而那爛陀大學後來沒落的原因之一除了在十二世紀遭受伊斯蘭教徒入侵外，卻也曾經因爲佛教被學術化而離實修愈來愈遠，且佛學成了知識分子的殿堂而不是生活修習的法門，一般平民百姓不僅無法參得其中眞味，反而是霧裡看花。以身正法的僧人愈來愈少，反而多了善辯的一群清談知識分子，甚且各種外道談論在校園裡大肆盛行。佛教和多神論的印度教趨近，這所大學在打高空的虛無感和離佛教本義背離後，終於走向落沒的命運，軟體一旦失勢失色，外力入侵更是易如反掌。直到伊斯蘭教徒入侵大肆破壞後，那爛陀終於沈湮歷史。

玄奘曾經早在印度留學時期即做了個預知未來夢，夢裡他見到那爛陀僧院荒廢，荒煙漫草中只見野生水牛卻未見僧侶居住其中。接著他見到了文殊菩薩現身，文殊菩薩要他看著寺外的村落遭到熊熊烈火的吞噬傾毀。文殊菩薩對他說：「汝可早歸，此處十年後戒日王當崩，印度荒亂，惡人相害，切記斯言。」

戒日王後來比此夢境早些過世，至於印度佛學荒疏民不聊生景象，和夢中無異。

眞是讓人感慨。

無常，凡是觀無常。

玄奘大師在譯完長達六百多卷的《大般若經》後，自知死期將至，這時他已經譯有經論一千三百三十五卷了，他知責任可放下，最後他是直接被接引至菩薩道往生極樂。

走訪那爛陀大學，讀《玄奘傳》，悠悠思起他的風骨與毅力，身體力行的實修過程與廣利眾生的悲願力眞是威力驚人啊。實修是如此的重要，一如身體力行地來到朝聖地的眼見耳聞。就如〈勸學〉所言：「不登高山，不知天之高也；不臨深溪，不知地之厚也。」距離玄奘的

絲路行，一千年又悠悠晃過。後人如我們，毋須歷經險
阻、餐風露宿，旅程的累也不過是因為平時嬌生慣養所
致而已，遙想玄奘當年，那爛陀大學無疑是個永恆的經
典座標，在混沌中，我們瞥見一顆閃亮之星高懸天際。

　　日夕光燦地輝映在那爛陀滿園的紅赭色遺址磚牆上，
難得的風突然一陣吹拂，樹葉隨之搖擺，瞬間恍然以為
是這位正覺的沈思者端然行過般。

舍利塔浮雕。

如歌行板　恆河沙數無盡

見彼衰老相　髮白而面皺　齒疎形枯竭　念其死不久　我今應當教　令得於道果

即為方便說　涅槃真實法　世皆不牢固　如水沫泡焰　汝等咸應當　疾生厭離心

——《妙法蓮華經》

我是先見到這條河流才見到這座古城。一如我是先見到愛情的微笑，然後才見到愛情整個背後所跟著襲來的黑暗。

河流讓這座古城的人歡喜流淚，讚嘆微笑。然後死亡的腐朽氣息旋之揮之不散。

關於古城，關於愛情。總是先見到了絕美眷戀，疼痛哀傷才跟著來。

恆河生活如是，情慾底層如是。

「若愛生時，便生愁慼、啼哭、憂苦、煩惋、懊惱。」愛結所繫，愈縛愈緊，誠為可怖，應生厭離。來到恆河，見到人面倒影，浮起佛陀誡語。

諸神的黃昏，眾人的倒影，長河似悠悠，人心如火宅，河水冰卻人們的無數念頭，河水洗滌人們的無數傷口，千百年來，千千萬萬具肉身在此釋放他們的熱情，臣服在河水的懷抱裡，掬一把水如掬一把淚，歡喜的淚，百般滋味。生死共舞，無常律動，生生不息，不增不減。數千年來，日出日落，陰晴圓缺，這裡浪濤的不是英雄，而是時光以及那如沙般無盡的欲與念。

人界哀歌，以印度人的命運為哀之座標，那是悲之盡頭，激越蒼涼，極致人間戲碼的張力拉扯在這條河流。命運似乎永遠虎視眈眈於這塊土地的人，幾千年來，人們習慣亂與變，在變中又有的宿命。時間似乎未曾流失，如今我們所望的人欲色界，甚至生活與儀式，與當年佛陀至此所望的畫面相差並不遠。

玄奘大師來到瓦拉那西恆河時，玄奘寫道：「閭閻櫛比，居人殷盛，家積巨富，室盈奇貨……天祠百餘所，外道萬餘人，並多宗事大自在。」並描述外道苦行者的模樣為：「露形無服，塗身以灰」。

千年來，聖城依然，神的入口，人的出口。

先是天未亮的時辰，四點醒轉，瓦拉那西旅館，灰灰舊舊的被褥仍染著我的體熱，夜裡昏昏沈沈，起身洗把

左圖：如歌行板，逝水滔滔。
上圖：恆河的苦行者。

臉，外頭仍幽暝。水灑肌膚，有了清醒。昨晚唸誦的
《慈悲三昧水懺法》現起字句：「積累罪業，一旦冰釋。
譬如諸水也。身之煩而濯之無不清。衣之污而澣之無不
潔。器之穢而溉之無不淨。汲大海之三昧，以遍周沙
界，灌濯塵劫者也。」

　　三昧何意？三昧者，眞空寂定，此心不動之意。三昧
者，惟在於人心，而不必他求。

　　水可以洗滌清洗心之傷鬱，業之罪愆，痛之無明，傷
之縝密，恨之瞋怒，皆是有歷史依據，也有當下的現實
可考。

觀恆河之妙用，誠然是人心意念之投射，心理因素大過實質，然而見著當地人沐浴在恆河懷抱的淚光與喃喃自語，讓我靜坐河階時升起了感同身受的感動情懷。

朝聖必須持誦《慈悲三昧水懺法》（簡稱《水懺》）至少十遍。《水懺》經文很長，於我宿常未修持者，旅途若累，常未頌畢即心智渙散臨睡連連。

天未亮，床頭旁的經書還在案上。

漱洗，輕裝上街。

前行的法師們和信眾各披袈裟、海青，在一絲幽幽天光的凌晨四點，宛如神的使者般，神色靜默步履沈靜地行過。

黑暗之心充溢街心，已是人影幢幢，像是不夜城般地擾擾攘攘，時間宛若不曾消失，夜幕降下但舞台仍在。意感通往恆河的窄巷石階濕濕漉漉，從白天到夜晚，人們涉入河水再雜遝於此，乾了又濕了，濕了又乾了，肉身和河水總是難分難捨。

恆河曾經一次沐浴過五、六萬人的紀錄，如此綿長的恆河一次下了上萬個巨大的餃子般，光是想像那個畫面就足以噎著我的想像力。這座古城因這條河流，在一個慶典中湧進三千萬多個人，把一個台灣島的人肉丟進來都還有綽綽有餘。而還來不及沐浴恆河者更是絡繹於途，如果拉開攝影機從高空拍攝，我們將得到怎麼樣的視覺畫面，可以想像比逃難求生還要來得瘋狂，因為印度人重視來生，恆河會讓他們的靈魂得救，這一世不好沒關係，把希望寄託給下一世。沒有人改善這一世，人人宿命地接受業，卻又無知於「業」一髮動千鈞的巨大威力。

一條河水容納的是無盡意，無盡的意念釋放到水裡，昇華成一個祈求的姿態，天可憐見，哀哀人間，無數眾生無盡煩惱，慈悲之眼智慧之水潤澤來此的靈識軀體，千百年來，究竟有多少眾生來到恆河似乎也只能已無盡

的無盡來言說了。

用基督徒的語言是被神醫治，用印度人的語言是被河水醫治了。用佛語呢？是心被洗滌了，一切唯心造。

屬於這條河流的舞碼從未停歇，河水不止息，意念亦無盡。無月光的時辰，行於窄窄街巷，極盡目光之能事，方能辨清腳底那滑溜之獸畜穢便。印度人處在任何高壓狀態都是依然如故的面貌，何況是聖牛所洩之物於他們更是習以為常。

習以為常，究竟是無感？還是如實接受？至少在印度人身上，他們對生活的一切似乎都是那般地如常，似乎再大的天災也都如過眼雲煙，雲飄過就飄過的泰然，讓這塊土地這條河流永遠吐納著不死的生息。白天，黑夜，步履在此雜遝，聲息在此轉悠，忽一轉悠，又是下一世了。

投生之悲，每一次投生即有一個母親，生生世世裡投生的臍帶未被切斷，直到佛陀的出現，示現了輪迴的止息，不生不滅的涅槃終極。

恆河眾生讓人嘆為觀止，是一部活的生死書。

可在恆河的印度人趕搭的卻是輪
迴的列車，人人搶搭著有冷氣的豪
華班次，祈禱投生可以投到優越階
級，不再當平民，當然絕不再當賤
民，人人祈求來世得福報。恆河給
予他們來生的幻覺，欲念投射的客
體。

兀自這樣地想著，異國的文化自
有其演化的歷史，宗教在印度更是
一個無法簡單言說的。

人群在我的周圍紛然著聲音，許
多人手裡拿著長形物，細看才知是
甘蔗。印度節慶多如汗毛，甘蔗節
已是小的節日，但仍是感覺人群眾
多。人，永遠都有人，在印度才體
會什麼叫做「眾生」。平常我們把眾
生掛在嘴裡，實則不了，現下來到

印度，「眾」生日日在眼前。

　　十一月的印度清晨寒意濃，有些老少遊民在街角燃燒著火取暖，破舊的衣服映著紅光，小一點的孩子則在火光裡打著瞌睡，一臉髒髒的，姣美的赤貧，讓人心疼。疲倦的婦人裹著曾經鮮豔如今已褪卻光澤的紗麗，一手托著嬰孩一手在火中取暖。

　　一路在暗中穿過曲徑，蜿蜒小徑幾彎幾拐，直到河水聲漸漸淡入耳膜，腳下也愈往低處行，河階儼然在望，黑暗中目及小小微火在河中漂流，即使視野昏幽仍覺河床無限開闊，聖城人影交織來去，小孩子兜售著一小碟以乾葉所乘的鮮花蠟燭，感覺這些小孩像是終宵不眠地等待著來客，由於競爭激烈，稍打個盹就會被搶走生意。登上小舟，舟子離開岸邊，在船上點燃蠟燭，祈願之後，放水中流，禱音匯聚，天神諦聽，燭火在恆河悠蕩，眾人微火形成美麗弧線，在天未亮的黑黑河心飄搖某種類似的光亮希望，宛如沈默的天籟，這是許多旅人在印度曾經有過最夢幻最神秘的感受，也是最安靜最動人的剎那。

　　端坐舟楫，法師們在黑暗中唱誦咒語，動人心弦。梵音海潮音，執愛頑冥如我，剎那淚光浮湧，咚的一滴斗大的淚落進恆河，在船夫滑動水流所圈起的漣漪中，那淚在我如明珠，當下發願願為眾生流盡我的淚，淚化墨水，成就文字。在恆河的迷霧清晨、介於冥界與陽界交會的剎那光陰裡，我腦海中湧現了許多的亙古情懷，思起《佛說無常經》的「為濟有情生死流」之語。

　　我就在生死的河流裡擺盪著。

　　然而我終究是頑冥的石，總是一再地發願，又一再地失守，真是無比慚愧。

　　終於小舟漸漸駛向河心，離岸邊愈遠，方感覺了岸與岸的兩界。

左圖：當地人正舉行甘蔗節慶典。
上圖：日出前在恆河放燈。

河階生活圖像

　　河流縮小了，而她長大了。……儘管是六月，而且下
著雨，但現在的河流不過是一條膨脹的排水溝，一條細
細的濁水緞帶。水疲憊地舐著兩邊的泥岸，偶爾會看到
一條銀色的死魚點綴其中，而河水被一種多汁液的雜草
阻塞了。

——《微物之神》阿蘭達蒂‧洛伊

　　河階的晨霧在燈火中有一種魔
魅氣氛，濃濃地聚攏著濕氣，微
火圈成暈光，無月華，無林蔭，
除了以塊狀面積占領視覺的房子
外，就是人與畜。沒有想像中的
孔雀羽色湛亮，夜闌人不靜，街
道河岸永遠有人影晃來晃去。

　　待天光漸漸穿透雲層，迷霧般
的魔幻空氣，便將爲日照所溶於
無形。

　　河水蕩出了一縷縷如絲綢般的
淡金淡黃光線，陽光已經在蓄勢
待發了，恆河日出宛如「慧日破
諸暗」，印度人崇拜偉大的太陽
神，因爲光亮所在，世界成形。

　　目盯著太陽在眼前拉開雲堆厚
幕，先是河水發亮，再是遠方的
沙子發亮，船夫黝黑的皮膚散出
勞苦功高的光澤、粉橘淡藍之
後，由紫轉紅，紅而金，金黃照
耀恆河，許多小舟也陸續靠攏近

我們的船，裝滿鮮花五金貨品檀香及明信片的小舟主人
不斷地向我們兜售著。那些船貨充滿異國風情，我所以
為的手工時代的美感在此其實只是一家的溫飽所繫。可
旅人只是過客，再如何地心軟也僅能買一兩件表心意。
大多數時候我們不敢對望叫賣者行乞者和任何小販甚至
路人一眼，因為這裡的四目交接，隱含某種可能，眼光
頓時會如磁鐵將自己圍圍包住。

或者目光對望，也會隱隱感到無能為力的難受。

還是把目光移往日出吧。

金黃之後，日照又轉成淺藍，淺白。

一切都回到白天的世界。

左圖：恆河大街小巷內可以見到穿著華
麗紗麗、賣著萬壽菊的婦人。

上圖：恆河日出。

下圖：日出之後，印度人在此處沐浴、
禱告。

　　從河階岸馳向沙灘，取金剛砂。岸上也有許多小男孩
兜售著小小銅器，一個一百盧比，用來裝砂，倒是美麗
至極。

　　金剛砂妙用無數，供過的金剛砂點在往生者的或往生
動物的眉心、口中（或喉間）、心口（即身、口、意），
據說可庇蔭他們前往西方。如果金剛砂數量有限，僅點
在眉心亦可。

　　取金剛砂，腦中馬上浮現的經典自是《金剛經》。《金
剛經》和《心經》是我接觸最早的佛經，這二部言簡意
賅，是入門也是終極。對於破我執很有震醒之用，文字
美得有力，意義深邃。

　　須菩提。如恆河中所有沙數。如是沙等恆河。於意云
何。是諸恆河沙。寧為多不。須菩提言。甚多。世尊。
但諸恆河尚多無數。何況其沙。須菩提。我今實言告
汝。善男子善女人。以七寶滿爾所恆河沙數三千大千世
界以用佈施。得福多不。須菩提言。甚多。──《金剛
經》

掬一把沙在掌中，看著沙從指縫中往下墜，點點滴滴，時光刻痕，沙漏無處不在。把沙漏倒過來又是另一個計時的開始。

天亮了，恆河生活端然在前，河階人生開始一日之初，這時我才發現我的手眼忙碌不停，可以入鏡的畫面觸目皆是。

在我們四周售物的船身如花瓣，來來去去。河階生活像寬螢幕的電影連續不斷播放，一批人下來沐浴，一批人離開河水。男子們面向初昇的太陽，緩緩步下河階，走進河中直至河水齊胸，一只銅壺在陽光中曳曳發亮，掬了河水，再將之高舉過頭地頂著，禱念後，緩緩將銅壺內的水倒回恆河。

女孩們手中捧著像是小黃菊花串成的花環，閉目祝禱後將繫滿祈願的花環拋入河中，然後退下鞋，將雙腳浸在恆河的水中。浸入河中後，女人家們將河水往身上潑灑，看著薄薄紗麗吸入了飽滿的水分後緊貼著女人的身軀，一點也不覺得有何情色之感，女人繼之放下長髮

恆河船伕小販。

辮，款款梳洗，在風中浸浴，異國風情無言彰顯。

　　這讓我想起印度的電影常見的畫面即是關於紗麗。印
度講究貞節，一塊布即能裹住肉體，但在電影中必須抓
住觀眾的心，因此權宜之計就是
讓漂亮的女明星身著紗麗，淋得
濕漉漉的，曲線畢露，若隱若
現，引人遐思。

　　但情節是設計的，誘發的，不
若在恆河現場，並無任何遐思之
感，反而因為他們的面目虔誠而
莊重，我想即使裸身沐浴，也是
莊嚴的。

　　有老人掬起恆河水彎頭便是一
飲，然後再點根菸，望著逐漸升
溫的日照。許多人就這樣望著，
此岸望彼岸，彼岸望此岸，岸上
的人望舟中人，舟中人又回望岸
上人。

　　大家都活得很習慣，在被看與
觀看中。

　　洗衣服的老婦擣衣，一家子用
著楊柳枝刷著牙，洗刷黃銅罐後
取水回家的老先生，沐浴的苦行
僧……千年來恆河的生活圖像，
依然在此時上演。改變的是風景
景觀，從過往的茂密叢林演變成

如今的水泥叢林，不變的是人們對恆河的信仰熱情。

　　恆河的英文稱為Gange River，是印度破壞神濕婆
（Shiva）所幻化而成，瓦拉那西也被稱為「濕婆之城」，
因此到處都是祂的化身，最觸目醒眼的是宛如男性陽具
造型的靈迦（Lingum），象徵男性生殖力，也是對無盡生

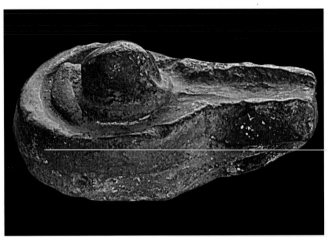

靈迦和幽尼。（世界宗教博物館提供）

命力的崇拜。在充溢著上萬神祇的古城，千百姿態的大小神像錯落在錯綜複雜的小曲小巷，氣味交迸中，旅人總是不妨會撞見擱置在地面的一根根突起陽物，那就是靈迦。靈迦四周環著宛如我們的石磨般圓環狀的幽尼，環狀有道裂開的縫如陰溝。

象徵之意，已十分彰顯，無庸贅述。印度人口邁向十

億，崇拜生殖力與不再輪迴的嚮往，拔河的
兩端。

　　在印度，極端或矛盾是它的國土個性，永
遠有對立，永遠有衝突。一方在修行，一邊
在解放。一方提倡禁慾，一邊卻在洩慾。天
秤的兩端，千百年來，如此繁衍。北風過
去，南風又來，無有定論的印度，難以述
說，難以解釋，沒有人可以專論之地。

　　唯有恆河，看盡一切。

　　印度導遊小莫指著露出在河階上的房子說雨季來臨，這些房子都將沈入水中。我們認為的苦難也許在此是吉祥，意義逆反。特別是關於恆河，在瓦拉那西雨季時，恆河氾濫時足以將河階上的某些層樓房子吞噬，但人們卻歡喜地迎接氾濫日，因為讓恆河洗禮是無上吉祥之事呢。即使氾濫過後，房子已成廢土荒園。我見到了因為信仰而歡喜迎接苦難的心，不論這中間是否信仰有其天真的自我投射成分，能夠轉化逆境心情，當屬不易了。

　　小舟慢慢滑，船伕是父子，世襲的工作，在此每個人出生的命運都看得見，看得見卻改不了，

讓人感到現世挫敗的種姓制度依然牢固地盤結在社會組織與運作。

注視著擺渡者的面孔，風霜與苦惱糾結在濃深的五官，擺渡的父親已蒼衰，年輕的兒子卻已經開始在複製父親的神色。

取金剛砂時，擺渡夫的兒子向我索討小費，索討時又怕其餘旅客見到的卑索，原本可以是俊美的臉龐突然歪溶成廢鐵五金，讓人看得難受的是這樣的猥索扭曲。給錢不是問題，但給了也是問題。

真願恆河底下藏有水晶世界，讓這些擺渡船伕能夠在閃亮的生命中止息。可水晶世界的希望也是一種幻想，等待與幻想都是一種生命的凶險。

眺望來時路，越過沐浴的人群鮮豔的祭典，恆河西岸舉目是雜亂的房舍高低錯置，醒目建築係一幢大皇宮。一座有著金黃色尖塔的「黃金神廟」地位崇高，建於一七五○年，非印度教不得進入，旅人透過黃金神廟後面小道的壁洞窺視著內部，在印度由於種姓制度的內化性格，連帶地使得許多事物都是涇渭分明的。印度文化高張著「各司其職」的個性，我不幫人，人不幫我，善盡分內工作不踰己。

是宗教的熱情讓外界看著印度人的生活有了統一性，看著他們忙著準備祭祀工作，忙著粉刷著廟宇，展現的不是當下生活的熱情，而是對未來世的高度幻覺。

看那些破舊黃赭的屋宇中總會跳躍一些彩度高顏色的廟宇以及恆河階梯上染上粉紅藍白條紋等等，關於祭祀，總是熱情大過於自家的生活。

不過即使如此，大多時候，我的視野所及都是像被歲月燻烤過的焦黃色房子，人們像微生物般地川流不息。

佛斯特在《印度之旅》寫道：「眼中所見的一切是如此地卑微、單調，所以當恆河流過時，人們可能會期望

它把這個城市中累贅的事物沖回泥土。這裡的房屋倒塌了，人們溺死了，任他腐爛，但城市的輪廓依舊，這兒膨脹，那兒收縮，像是某種卑下但無法毀滅的生物一般。」

河階上有牛緩緩經過人群，也有牛隻沐浴恆河，被認為有神識的聖牛被尊貴地崇敬著，賤民卻依然賤。在這裡有些人活得像動物，有些動物卻活得比人還像人。

然佛陀早就對印度人述說一切眾生平等，如是因如是果，可賤民還是貼上標籤地存在著無法翻轉的宿命。

船繼續移往。從取金剛砂的東岸移往西岸。東岸平坦無任何房舍，寧靜中除了見砂還是砂，倒是有幾個小孩在戲水。紅冉冉的太陽，襯著姣好的面容，小孩如花般燦笑。

幾個臉塗灰白的修行者正在刷牙，泡沫往河水吐。

然後船身一個緩緩轉彎，見到一股青灰白煙。

船上有敏感體質的人開始打嗝。

火葬場在前方不遠處，恆河下游的瑪尼卡尼卡河階（Manikarnika Ghat）上方飄著青煙縷縷，肉身最後的有形存在。

火葬，對印度人有其意義。據《奧義書》記載，人死後可尋兩條路，分為「神道」、「祖道」。入神道者，火葬之焰，由焰光而入晝日，由晝日而至漸滿之半月，由漸滿之半月而入乎太陽北行的六個月，由此半年而入諸天世界。……

沿祖道者，皆入乎火葬之焰，由煙入乎夜，由夜入乎向朔之半月，由向朔之半月入乎太陽行南道之半年…入乎祖靈世界…入乎月。……

焰煙，有其道路可尋，這是印度的死亡往生觀。為此，火葬場之火，不曾停息其烈焰與青灰之煙。

左圖：河階上有牛緩緩經過人群，也有牛隻沐浴恆河，被認為有神識的聖牛被尊貴地崇敬著，賤民卻依然賤。

恆河・淨化・救贖・輪迴・生死場

　　他從河流那裡，學會了如何去聽，去用一顆寧靜的
心，用期待、開朗的靈魂來聽，沒有激情，沒有慾望，
沒有評判，沒有意見。

——《東方之旅》赫塞

　　下飛機時，在瓦拉那西機場，我見到機場上方掛著歡
迎到「Holy City」（聖城）的字樣，標誌著瓦拉那西在
印度人與朝聖者和旅人心中的特殊座標。永恆之城，永
生之都，印度人的母河流淌千年，看盡人世生死流轉。
人口百萬，但流動於此城的人口更甚百萬，若再加上盤
旋於此的靈魂更是如沙無盡之無以計數，瓦拉那西的聖

恆河永遠是人與人，肉身擁擠的世界。

城地位在佛陀時代即已確立，此城舊稱「迦尸」，意指光明。蓋因千百年來此城聚集著無數的宗教導師與修行者至此，因而有了散發智慧之光明地隱喻。到了神話，宣說濕婆神占領此城，且永不棄離，迦尸因而又有了「不離地」之稱譽。

「瓦拉那西」的名字來由也是因為河流交會得名，這座城市正位於恆河和瓦魯那河（Varuna）、阿西河（Assi）交會處。

三河交會，如此神聖，因此印度人終其一生都認為要來恆河沐浴一趟。死也要死在恆河懷抱，若是無法盡人意，那麼也得死在恆河沿岸，若是死在他處，其家屬也會攜亡者骨灰來到聖城，將骨灰拋入恆河。若是連骨灰也無法取，那至少亡者家屬派一員到恆河舉行祭祖儀式

也行，只消其中一樣，即可免輪迴惡道。

這是屬於印度人的天眞？

但對於外人而言，是不免要替恆河擔憂了，恆河吸納百物，垃圾廢水骨灰神祇祭祀物品……無所不入，氣味濁，河水混。然印度人依然取一瓢飲，也許他們已經有了對一切污穢的免疫力。

當地人相信只要一滴恆河水即可洗淨再深重的罪，用恆河水洗滌後，靈魂如新。

火葬場，終日煙燻不斷。亡魂在瓦拉那西的天空徘徊，人們相信，在此靈魂得以轉化，罪惡可以洗滌，一切淨化。

印度人在此永恆的光之城高喊Mahashmashana！（摩訶西摩沙那）偉大的火葬場！死亡顯得如此可親，火葬顯得如此偉大，這一切只發生在恆河。

於是垂死的人們來此等待死亡，世間有如此明目張膽的等待死神的姿態僅發生在恆河邊。

而賤民（Dom）則忙著受僱於往生家屬的工作著，工作是搬運屍體，木材，焚燒。生死交界的陰陽地，火一把

一把地燒。奇的是如此莊嚴的死亡儀式，印度人卻認為只有賤民才可以做，難道他們生前所畏厭的階級，卻要在死後才能接納？那又豈有賤民不潔之說詞？死亡的聖潔都可以交給賤民去做了，生前卻連賤民都要自動迴避他們？

我望著火葬場的縷縷不斷青煙如此想著。

屍煙一點都不好聞，混著木材燒似乎好一些。有錢人燒的檀香木，更讓人感到無明，死後能帶走檀香乎？又或者富人多少不義，欲掩屍臭（銅臭）。當然說穿了是連死後的儀式都要彰顯身分，舉世如此，講究階級的印度人當然更復如是。

白布包裹著男性屍體，紅布包裹著女性屍體，遠遠地看到雙腳懸在木材堆外，一把火丟入，熊熊火焰霹哩啪啦響，很快地雙腳雙手自火堆裡斷下，離開肉軀，這時負責火化者，得趕緊拾起再丟入，以免被鄰近的狗衝來吃掉。

即使在船上也可以見到誰是家屬，因為家屬男性皆剃成光頭（留一小撮者表示有後），面容肅穆，沒有哭泣哀嚎，甚至看不出悲傷，就只是看著火光，屍煙。

火化後，骨灰木灰順勢往恆河一推，真是一乾二淨，什麼也不剩。

河階上擺滿著劈好的一堆堆木材。許多船隻在此停留觀看，遠遠地舉著相機，怯怯地按下快門。火化是可以觀看的，但印度人忌諱相機對著屍體拍攝，他們認為拍攝將會妨礙亡者靈魂升天的順暢。此外，死者為大，旅客確實必需懂得尊重他國文化與亡者尊嚴。

火葬場是私人企業，老闆對貴族收費昂貴甚至要價一百萬盧比，採用昂貴的檀香木焚燒，而窮老百姓五百盧比即可。有的窮困人家木材買得不夠，屍體僅燒一半，也是惶惶然就被推入河中，屍塊上的肉骨猶在，回歸自然，水底烏龜等動物快速趨近，也是啃得一乾二淨。甚

且有的連木材都買不起，偏遠一點的恆河岸邊，可見浮屍河床，遺骸擱淺。

以木材燒屍，使得原本的蒼原莽林早已耗盡生息，瓦拉那西的焚化傳統，造成生態的枯竭，人為的慾念在此還是萬物的尺度，也許像窮人一樣地推入河中，且餵食生物還多些環保，這讓我想起西藏的天葬。不論如何，我想歸想，印度的信仰是難以動搖的。

在此觀生死，活生生的一堂課，人命旦夕，一切都將烏有。

恆河跨生死兩域，一方燒屍體，一方迎新生。「誰盼望新生，就必須準備死亡。」赫塞。來到恆河，除了經典，最易想起的人是赫塞，他的《流浪者之歌》與《東方之旅》曾經影響我國中時期那敏感的心。當時還在書的扉頁上寫著：「嘗試去過每種生活，不拘泥某種生活。」

沒有恆河，印度文化會有絕然不同的肌理，地理孕育神話，經典鋪成傳說，這恆河結繫的不是生存，而是心與信仰。

一切的生靈譜系都在諦聽河水，在河水中，骨灰入河裡飄啊飄，嬰孩沐浴河水拍拍手。一邊悲無盡，一方笑開懷。

恆河是印度生活的小縮影，在此縮影裡，生死其實沒有邊界，人命只在呼吸間。

河階空與未來是地有許多撐著傘蓋的婆羅門，專門為人祈福和替喪親者誦經超渡。河階上隱密角落遇到了幾個瑜珈修行者，稱為巴巴（Baba），乍聽以為是爸爸，此字為聖者之意。額前有著一抹紅彩，裸露胸前垂著糾結的長髮，灰灰白白，下身包著一條腰巾，這些人已經成了職業模特兒，擺成修行者模樣，向好奇的觀光客索取拍照費用。修行之事，就不知真假了。

但看模樣倒是嚇人。巴巴的生活簡單，有人供養給他

們一些蔬菜或是乾團餅吃，沐浴恆河一至兩次，每天練瑜珈數小時，因此他們的身體都可以扭轉成多種姿態，看得旅客目瞪口呆。

苦行在印度歷史悠久，佛陀在離家後，也曾在苦行林六年，但是最後佛陀體悟到折磨身體對解脫苦惱和覺悟並無助益，因此捨棄苦行。佛陀曾經來到恆河流域說法，人最重要的是「斷滅疑惑」，若是不能，也是另一種名相執著。在《巴利文法句經》經典裡清楚提到：「人若不能斷滅疑惑，即使裸行、結髮、灰泥塗身、絕食、露地睡、身染塵垢、精進蹲踞，終將不能證得清淨。」

如今的印度苦行生活似乎是一種「族群」的顯現，這些苦行者到了祭祀節慶便會跑出來，展現苦修之果，贏得讚嘆，這和覺悟之路又是另一回事了。

就像有的宗教轉變成教派企業般，愈發脫離了覺悟之路，而掉入另一種執著。大執著帶引小執著，小執著帶領迷執著，迷執著帶引笨執著，一路就這樣執著了下去。

解脫之路遙遙，另一種束縛，卻跟著來到。

佛陀教義是入涅槃不在受輪迴之苦，一切盡虛空，不生不滅。然印度人卻執著於恆河，不相信自身業力，卻寧願相信骨灰灑入河中即得解脫，既解脫，卻又說如此才能輪迴轉世。解脫和

輪迴是大相逕庭的兩條路，印度人卻有辦法把這兩端繫在一個思想上。恆河即是從濕婆神故事衍生而來，望著如恆河沙無盡的印度眾生，我想起了和印度生命及藝術、神話息息相關的造神梵天（Brahma）、保護神毘濕奴（Vishnu）和破壞神濕婆（Siva），這三神意味著萬物的生、住、滅三階段。生住滅三階段讓我聯想佛說的「成、住、壞、空」，印度獨獨漏了「空」。佛陀母親摩耶夫人，摩耶「Maya」，也就是「幻化」之意，這幻化所指無常，印度人體會很深。

然離真正的大解脫之空性和無生，不生不滅，還是有所境界差異。無生方能達到無始、無異、無造、無化的涅槃之境，而這也是佛陀成就正等正覺的最終境地，此也是和其他若干宗教極大不同之究竟終極。

而總是渴望輪迴來世降生好人家的印度人，生活在無處不神的神話世界，已經超過十億人口了。

多麼驚嚇人的輪迴轉世數目。

大街小巷六道眾生

經過幾道門，每一道門都有沐過浴的男女，水滴從纏身的沐浴用布塊、紗麗或腰布滴下來，他們擦拭身體，更換衣服。在陽傘底下，穿著黃色衣服的婆羅門僧舉起一隻手在來乞福的信徒額上劃記號。

廣闊的河流反射午後的陽光，畫出平緩曲線。水面混濁，呈灰色，水量豐沛不見河床。河階上有行人和小販。從漂浮在河面上的灰色浮游物移動的情形可以看出河流的速度。起初以為是小小的浮游物，但當它逐漸接近時，才發現原來是腫脹的灰色狗屍體。然而沒有人注意他。這條聖河，不只是人，祂包容、搬運所有的生物。

——《深河》遠藤周作，林永福譯

　　恆河河階百座餘，長達三公里，蜿蜒的小路通往河階（Ghat，音譯：迦特），在瓦拉那西河階就等同是沐浴場，河壇，每一座河階都有其歷史故事和生活的特殊景象。如果從高空拍攝，小路宛如溪流百川，人群如漁汛，不斷地往來於靈魂的原鄉。

　　依依不捨地棄舟上岸。

　　之前天色未亮，走的街道滑溜不清。現在天色大亮，步上河階才發覺其熱鬧程度不亞於先前的描述。

　　狹隘小路，熙攘雜遝，牲口車輛，人群交會，喇叭聲販賣聲，各式各樣的小販，賣花環的，賣楊柳枝條的，賣蔬果的，賣銅器皿的……其中堆積著紅橘粉末宛如小山丘的般小販向我兜售著粉末，那粉末是印度人點在額上用的，入印度廟後會點在額上保護生靈。在街上常見婦女在紅彩之外還點著紅珠點（Bindi），代表的是已婚婦人，且老公健在之意。

　　目光炯炯的苦行僧、乞丐、小販、老弱婦孺、光身孩童、小狗、山牛、聖牛、人力車、三輪車、巴士、私家車，和數以萬計的朝聖者，眼前所見是僧是人是畜是獸是魔是鬼……六道眾生盡在眼前，發出巨大的分貝，滑過耳膜。

　　「這是寂靜。這是寂靜。」我訓練著自己在巨大的音量中感受沒有聲音的聲音，那些聲音先是成為一種存在，繼之不存在。

　　四處可見立於印度廟的神祇和陽具靈迦（lingum），公牛南迪（Nandi）……印度人經過膜拜，塑像沾著紅紅的粉沫與黃黃的小菊花。印度人裝扮依然是過去的風貌，印度人活在歷史裡，活在神話裡，在諸神的宮殿裡他們祈請的願望是什麼呢？

　　前方的唱片行成天播放著帶點甜膩的印度歌曲。小巷裡店家處處，我繞進唱片行，東張西望想要買西塔琴音樂，老闆快速地拿出十多張，都是盜版光碟，一張一百

盧比。正版CD在印度很貴，且反不易買到。

　　雖說貧窮入鏡多，但有些經營有成的小商家也呈現一片小小安逸富庶氣味，瓦拉那西的手工藝品向來馳名，許多法師們至此通常都會購些檀香佛像和念珠等宗教文物，另外絲織品、披肩、錦緞、刺繡、黃銅等製品也都亮晃晃地展現印度特有的異國風情。

　　很快地，我在那小巷駐足過久，行乞者已經快要包圍了我。脫身之後，一個轉彎又是狹小擁擠迂迴窄巷，定眼一望兩邊竟蹲了不少痲瘋病的行乞者。

　　在印度旅行必須強身健魄，否則旅程很折磨人的心志與傷口。

左圖：瓦拉那西街道，三輪車穿梭。
中圖：瓦拉那西的街道到處都是海報，神聖退位，世俗生活
　　　展現。

　　在小巷小街裡佇足，幾乎每一張畫面都可以停格欣
賞，小孩老人少女老婦修行人動物……交織成生動的人
生與色彩。

　　印度人都有一種過早染上的風霜的容顏與眼神，古國
秘境總是讓人留下難以抹滅的複雜感受，常常說不上來
那究竟是什麼感受，但又真切感受其中滋味。那些幽幽
微微，曲曲折折所縱橫交錯而出的圖像。

　　恆河背負太多的意象，也過於神格化。

　　唯有小巷小街人生，才把瓦拉那西從神話和傳說與救
贖中拉回印度人務實的生活態度。

穿古越今
文化雜陳之都

離苦得解脫　良哉觀世音
於恆沙劫中　入微塵佛國
得大自在力　無畏施眾生
妙音觀世音　梵音海潮音
救世悉安寧　出世獲常住

——《大佛頂首楞嚴經》

任何初來到印度的人，五官即使再昏聵再目盲，也通常都會被震醒。這是個人面目模糊、集體廝殺交纏的高分貝高密度城市。叫賣聲喇叭聲讓人的耳膜拉拔至高點，川流不息的人獸讓視網膜不斷地揮舞交錯著無數黑影，灰塵花香燭香屎糞臊味……充溢鼻息，空氣永遠聞得到灰塵味，視覺永遠有一層如霧般的灰灰污染源，在陽光下射出的光束溢滿著無盡的細塵……

德里，一座讓人無法細說的城市，一座讓人來到又摸不著邊的城市。一座讓人又氣又怨卻又忍不住要看它幾眼的古老城市。

印度永遠是迷，也是謎。情調般的迷人，把一波波的旅人往這裡吸入；神秘般的謎，也把一波波的旅人從這裡帶開。印度，總是有人企圖想要寫它，可怎麼寫也只是抓到這件大長袍的衣角而已。

德里是分裂性格的城市，任何活在這裡的人都能夠有其一套自生法則。不斷累積的污染，不斷膨脹的人口，德里是印度城市面臨現代化的發展典型。

關於印度最早的記憶是印度導演薩雅吉雷的《印度三部曲》，他把印度的悲慘世界拍得極為寫實，不斷地有人死去死去是電影最後給人的氛圍，其中有一幕真實拍攝一個老婦人垂下眼睛死去的特寫，讓人看得怵目驚心。

可這就是印度，隨處所見都是怵目驚心，怵目驚心過於頻繁後，連慈悲之心也連同那樣高頻率的景象而彈性疲乏了。

打從我進入德里，我就處在一種無法主動的狀態，好像被什麼東西給魔住了般。才下了巴士，忽然迎面的炫目沙麗已經削弱了視野的清明，這些穿著紗麗的少女一路尾隨，一直秀著她們的手背給我們瞧。然後冷不防地我的手背已經被她們手中的物品噴上了一坨汁液。這是許多中東國家都有的植物染彩繪，未料在印度也見，但也沒料到無端地被噴在手背上，瞬間升起的感受很不舒

德里街頭小販。

服，但旋即看到眾生不過就是求生存而已，也就淡化。

　　吹笛弄蛇者堆坐在草地旁，吹笛人一副無精打采樣，只有當旅人的相機對著他且已丟下鈔票時，他才趕緊掀開竹簍蓋子，吹起笛子來。眼鏡蛇隨著笛音伸出頭來，被拔去毒牙的牠只傻傻地舞動著身軀，像被詛咒似地身不由己。無論何時何地尾隨的小販乞丐總是團團圍住，讓人難以脫身，只能不斷前行以示拒絕，開口說話只會引來更多的纏繞。多少旅遊書提出警告與旅行印度的教條：不理不睬，若是得理睬，那得不驚不怖，大聲說話且直視對方。

　　哈，來到印度，倒像是如入叢林，識途老馬的旅者苦口婆心地寫出教戰手冊，且各有對應良方。

　　德里是朝聖團必經之順遊旅地，也常常是入關的首站，人們接觸印度的第一個印象來自如此多樣繁複目不暇給的城市。德里的辦公高樓標誌它的現代化勢不可擋，英國統治時期的殖民別墅點出它的外來雜燴命運。

穿著西裝打著領帶用著手機的光鮮資產階級，和包著頭
巾身披掛布赤著腳托著缽的行者交錯，每一個交錯的畫
面都讓人跌入前世今生的時空相會錯覺，每一個矛盾的
對比演出都讓人感到印度的千年之變與不變，像三百六
十度寬螢幕般地時時刻刻上演著人間悲喜劇，景片般地
劃過劃過……旅人之心從震撼到疲軟，從疲軟到震撼，
從劇烈有感到無感，從無感再到有感，彷彿也歷經了幾
生幾死般的夢境。

　　印度這本生死書，讀之不盡，望之不盡，目眩神迷又
時刻驚心動魄。在印度要有堅毅堅忍的心，才能穿越這
些眾生示現的生老病死名相，才能走實踏穩旅程的每一
步伐。

　　億萬眾生百態是印度千年歷史舞台的主要戲碼，一如
城市幽幽曲曲的暗巷人生總是吸引著我的目光。

　　德里的大街小巷饒富觀察趣味，燒著火光取暖的流浪
者、在做著印度薄餅的那雙手拍打在一團白粉上、剃頭

師在人們的三千煩惱絲上動刀、無邪的小孩睜著深邃黑
白分明的大眼、穿著制服的學生扯著白牙對著旅人的英
文招呼、在路邊攤吃咖哩的人們右手濕淋淋地揉捏著一
團米、一罐罐塑膠桶裝著不知名的零食小販、用小乾葉
片乘裝油炸花生米食物的老婦人正在揮舞著蒼蠅並吐出
口水擦拭著乾葉片、擠著滿滿肉身的車站和巴士、成排
等客上門的三輪車車伕、小小診所內黑黑暗暗地蹲坐看
病的疲憊臉孔、一攤攤五顏六色隨風飄揚的圍巾以及紗
麗……在陌巷中偶會出現精緻小店，讓人眼睛一亮的小
店焚著香，檀香精油、茉莉精油或者是大吉嶺、阿薩姆
紅茶包裝精美地陳設在櫃臺上。

　　不論在大市集（Bazzar）或在精美工藝品店，傳統的
印度工藝販售店的每一家皆散發著讓我想要一探究竟的
異國情調，若不是小販過於熱情的沾黏銷售術與價格哄
抬的詐騙術讓我怯步外，行有餘力和若時間許可，還真
想每一家都繞進去瞧瞧，就是看看也好。蠟染、織布、
木雕、銀飾、地毯、家具、扇面、刀飾、木盒、漆器、
大理石製品、服飾、人偶、銅器、寶石、佛像、首飾

盒、鑲嵌工藝品、手提袋、鏡面小飾物……德里集結著
來自各省各邦的工藝品，多麼讓人流連。

世世代代相傳的古老手工藝精神，體現一種古老悠緩
的情韻。

光是布品織物即可消磨許久，印花布、蠟染布、絲
絹、刺繡、綢緞……隨風揚盪的織巾，亮燦的色澤，金
銀亮片，閃閃發光著織工藝術的華麗與繁複細緻，以著
名的雙線繡、卡須達繡（Kashhida）、卡尼繡（kani）展
現著織品細部的華麗，莫怪西方時尚界趨之若鶩，幾年
來所颳起的印度風歷久不衰。

印度啟發無數來此朝聖的人，不論是生死大事或是靈
魂洗滌或是生活時尚的藝術美學。印度人似乎是看不見
自己的好，就像我們自己也常被自己遮蔽般，只有外來
者站在一種文化距離之外的超我，才能吸納印度的多元
文化。

這讓我想起以《東方主義》以及後殖民論述揚名的薩
伊德。

庶民生活景象裡，最常見的一景除了無數的營生小
販、丐幫外，那就是被形容成見到觀光客即宛如嗜血的
狡詐捐客，總是亦步亦趨毫不善罷干休地尾隨，一波一
波地如浪無止無休。

旅人習慣了這樣的街頭巷尾人生後，內心為之不動搖
的堅固力也培養了起來。在印度不能太心軟，但須慈悲
智慧觀照。

種姓制度在大都會比較不明顯，但是已經內化成印度
人鮮明血液裡的分別心還是存在此間社群。

今日的德里已經是忙碌的商業觀光城市，國際航班往
來密切，來到此地的自助型旅客也從德里車站出發到各
地，忙碌之城寫在城市的重要交通樞紐站。旅人白天參
觀歷史遺跡，晚上欣賞印度舞蹈，在這裡看人和看野生
動物一樣受歡迎。

左圖：德里街道。
上圖：印度食物必有薄餅配咖哩。
中圖：擁擠的德里街道。
下圖：離開德里大城市之後一路巴士走的
　　　路顛簸。

在德里鮮少有佛教遺跡，朝聖團團員在未進入佛陀遺跡前，皆以旅遊興致來走德里的行程，安排幾個參觀的地方有戰士紀念碑、印度門、英國統治時期重建規劃的總統府、甘地墓、印度廟、蓮花寺、德里博物館以及紅堡等。

在德里可以見到大量的伊斯蘭教遺跡，舊德里在十七世紀至十九世紀時曾是蒙兀兒王朝的首都，新德里則是英國殖民時代時被建設成皇家的首善之都，因此舊德里和新德里的城鎮風貌有著新舊的強烈對比。新舊德里以亞穆那河（Yamuna）分成兩部分。

伊斯蘭教王朝的遺跡從舊德里的城牆開始刻劃歷史曾經的存在，殘存的城門巷道和清真寺，以及與亞格拉紅堡馳名的紅堡是舊德里的一大地標。

在舊德里最負盛名的街道虔得尼商場街（Chandni Chowk）是廉價物貨集散地，永遠如螞蟻般的人群忙碌地擠著擠著，為了一個廉價物品地奮不顧身似地川流雜遝而過，在此似乎靈性稀薄，空氣稀薄，人車把空間和腦袋擠得沒有縫隙了。

古老斑駁的老房舍、狹窄街道擁擠的黑暗小店、流浪漢和乞丐的腐朽溢滿著方寸街頭、聖牛遊蕩漫步……喧囂鬧景片刻不停，如流水止不住地滑過滑過，沒有盡頭的心兜轉又兜轉。

印度地毯手工藝精美。

轉眼，巴士遠離舊德里。

突然車速轉快、分貝聲趨低，因為來到了新德里。新德里簡直讓旅人以為來到另一個世界。

英國殖民時期的建設寫著英國人統治的政績，寬大的

馬路和大樓都是毋須言說就可以明白地劃分，在此新區西方資本主義以銀行、高級餐廳、高級旅館、購物中心、航空公司來標誌身分，豪華的花園城隔絕了貧瘠窮味。

巴士經過各國設立的外交代表處花木扶疏，總理官邸、國會大廈、廣場、博物館……道路寬，綠樹多。接著一路參觀的行程會讓人瞬間忘了印度的苦難與卑微的暗巷蒼生。

富人和窮人生活涇渭分明，各有區域與社群，彷彿不屬於同一個城市之感。

左圖：印度德里紅茶店。
右圖：德里巷弄小商店。
下圖：新德里一片整潔有序。

ॐ ॐ ॐ

नमोश्वराणां परमं महेश्वरं तं देवतानां परमं च दैवतम्।
पतिं पतीनां परमं परस्ताद् विदाम देवं भुवनेशमीड्यम्॥

उन्हीं के परम भी श्रेष्ठ और परम देव, पतियों
के परम पति, सब जग देख को जानते हैं जगतीश को

OF LORDS THE GREAT, THE MIGHTY LORD,
OF GODS THE SUPREME GOD ALSO,
OF RULERS THE SUPREME RULER, BEYOND ALL
WE KNOW THAT GOD'DEVA', THE ADORABLE LORD
OF THE WORLD.

拉克須米・納拉亞那神廟 (Lakshmi Narayan Temple)

華麗的印度神廟，係由印度財閥米伯拉（Birla）家族捐金建成，所以又稱為米伯拉神廟，建築完成於一九三八年。依然是穿過成群兜售飾物和明信片的小販才來到印度廟的門口，先到寄鞋處寄上鞋子脫下襪子後，赤腳行於印度廟大理石地板倒也舒服。印度廟建築的藝術特色即是鑲嵌藝術，牆內鑲嵌著寶石、半寶石和紅寶石等，陽光下發出燦爛華麗丰采。

在建築的外表上，該印度廟卻和其他印度廟不同，外觀搶眼，漆成鮮豔的紅、黃兩色，老遠走在路上就可以望見此建築群的奪人眼目。

此一印度廟恭奉著納拉亞那和其妻子吉祥天女神像，納拉亞那是印度教保護神毘濕奴的化身之一，象徵愛與知識，在印度的許多神祇皆有無數的化身，認也認不完。愛與知識，兩大力量，眾人皆需。

而吉祥天女是印度教掌管財物的女財神，保佑信眾獲得財富圓滿。因此來此的生意人據說特別多。

來此朝拜祈禱的印度男女，額上抹著紅色和橘色的粉末，眼神嘴角都有一種笑意，和街上的小販有著很大的不同，像是得到安慰的歡喜容顏，宛如天女般的微笑。

神廟就是神的居所，人們到此放下塵慮，訴說自己的

左圖：在建築的外表上，該印度廟卻和其他印度廟不同，外觀搶眼，漆成鮮豔的紅、黃兩色，老遠走在路上就可以望見此建築群的奪人眼目。

下圖：拉克須米・納拉亞那神廟（Lakshmi Narayan Temple）。

下右：販售蒂卡粉的小販。

願與痛，在此於是有了神的聆
聽而有了慰藉。

印度門（India Gate）

這座巨大的門樓是爲了紀念
第一次世界大戰陣亡的印度九
萬名將士而建的，建於西元一
九二一年，高高拱起的門樣式
模仿著凱旋門的風格，高約四
十二公尺，走近看，見到陣亡
將士的姓名，九萬人的往生者
姓名太多刻不盡，於是約刻了
一萬三千五百名陣亡將士的名
字於牆壁上。

門下衛兵站崗，軍威無比。
每年印度國慶的閱兵就在印度
門前方的筆直寬廣的大道上舉
行。

印度門外空地則有隨處搭訕
的小販，生意經永遠在印度不
寂寞。

聖雄甘地墓

位於亞穆那河河畔，爲甘地當初火化之地。甘地的骨
灰依印度習俗灑進河裡，所以墓其實並無骨灰，公園內
以立著一座石碑來紀念甘地，此地是許多外國人必訪之
地。此地的北邊還有印度尼赫魯首相的火化紀念場，尼
赫魯也是印度極受尊重的政治家。

若有時間，可以一併參觀位在印度門西南方的「甘地

博物館」，此博物館原為甘地的過往居所，一九四八年一
月三十日下午甘地在此中庭遭到激進派的印度青年暗
殺，在博物館立有當年暗殺現場的石碑，悼念著甘地一
生行誼，石碑前方鋪設一連串腳印代表甘地最後足跡。
甘地在印度已然成了印度教其中的一個神祇，這倒是蠻
合乎印度教的神格特質，一如釋迦牟尼在印度教裡也是
被認為眾神中的一個聖者化身的神祇般。

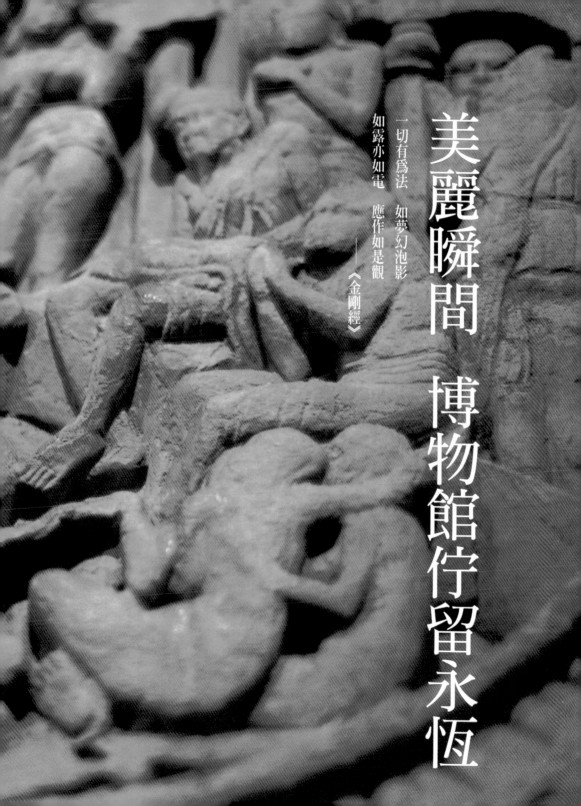

美麗瞬間 博物館佇留永恆

一切有為法　如夢幻泡影
如露亦如電　應作如是觀
——《金剛經》

八大聖地朝聖過程，通常都會在行程中安排參觀三間著名的博物館：印度德里國立博物館、鹿野苑博物館、那爛陀大學博物館。

印度德里國立博物館

許多出土的佛教文物都不會在現場看到，只能到博物館方能一睹眞跡。

位在德里市區的德里國立博物館是印度三大博物館之一，館藏豐富，更因館內藏有珍貴的釋迦牟尼舍利子因此成爲許多佛教徒必訪的朝聖之地。佛陀的舍利子在陳列著古樸的雕像館內顯得金碧輝煌，因爲館方把佛陀舍利子供奉在一座小巧的泰式寺廟造型的玻璃櫃內，展示櫃內不是能夠清楚看見那大小不一的黑色舍利，廟堂之尊果然不同。

許多的佛陀雕像大都是印度美術與雕刻盛世的西元二世紀至四世紀的笈多王朝時代之雕塑品，分屬犍陀羅風格的黑岩行佛造型，秣菟羅風格的紅砂岩風格雕像兼備。

在犍陀羅雕刻風格裡可以見到佛陀的頭上束髮且呈波浪狀，身著袈裟，

曲線深淺不一，眼睛微闔微張，帶點中亞形式，風格含帶著希臘羅馬的雕刻手法；在佛陀造像上常見理想化的標準比例和托加袍似的長袍，此都是融合印度希臘所演變出來的特色。在菩薩立像上見到犍陀羅的特色也就是菩薩的頭冠上還有其上師釋迦牟尼像，特別在觀音菩薩立像的雕刻作品上，這種雕刻形式的影響力至今猶在。

印度的秣菟羅風格的佛像特點是佛陀的身軀為大型表現，眼睛亦精爍，臉部有表情，佛身上的袈裟則以偏袒的衣飾為主要特色。

西元二世紀阿育王統領的國土使得佛世界得以擴散出去，不獨阿育王建塔八萬多座，當地的貴族富賈亦建不少石窟與寺院，延請手工藝

1～3：德里國家博物館外觀。

4～6：德里博物館大廳的空間華麗潔淨（Lakshmi Narayan Temple）。

7～8：佛陀的舍利子在陳列著古樸的雕像館內顯得金碧輝煌，因為館方把佛陀舍利子供奉在一座小巧的泰式寺廟造型的玻璃櫃內，展示櫃內不是很能夠清楚看見那大小不一的黑色舍利，廟堂之尊果然不同。

9～10：在犍陀羅雕刻風格裡可以見到佛陀的頭上束髮且呈波浪狀，身著袈裟，曲線深淺不一，眼睛微闔微張，帶點中亞形式，風格含帶著希臘、羅馬的雕刻手法；在佛陀造象上常見理想化的標準比例，和托加袍似的長袍。

1～2：德里博物館內部展覽空間。
3：印度德里開挖出的遺址照片。
4：德里國家博物館內收藏的佛陀立像與印度教濕婆神雕刻，展現印度雕刻的盛世風華。
5：挖掘出的古印度河流域時期的古物品。

匠在佛寺和石窟中雕刻佛像菩薩像以及與佛說法有關的故事。阿育王的貴霜王朝之後，歷經戰亂更迭，直到了西元四世紀笈多王朝才又一統印度江山，重振佛教藝術。

博物館還展有幾座塔門，塔門的浮雕精細華美，每一個單獨的浮雕都可獨立觀賞，簡直是目不暇給，內容亦多以佛傳的故事為表現。館中藏有許多菩薩像，菩薩有坐佛和手持蓮花寶瓶等，其中在六世紀在鹿野苑出土的觀音菩薩立像旁邊，下方雕刻著一小尊餓鬼乞憐的小像，倒是比較少見的表現風格，帶著濃濃的印度民間傳說風格。

裡面尚有不少印度河文明時期的文物，刻著動物和巫師圖騰的印章，小陶偶造型有雞龜牛狗等，這些小陶偶可說是印度河流域史前文明的證明。

博物館內除了收藏大量的佛教藝術雕刻作品外，亦有
不少展覽室收藏印度教的雕刻作品。博物館拍照要收三
百元印度盧比，折合台幣四百多。待我買了攝影票進
入，館方裡面又有許多人跑來跟我說哪裡可拍哪裡不能
拍，昂貴的收費又限制頗多，頗有賺觀光客一筆之意。

鹿野苑考古學博物館建築外觀。

鹿野苑考古學博物館

收藏西元前三世紀至西元十二世紀的作品，尤其是笈
多王朝時期的作品特別豐富且傑作亦多。

一入博物館入口即可見到阿育王時代所建的四獅子石
柱，原在鹿野苑園內從阿育王石柱上斷裂下來的四獅柱
頭雕刻保存在此地，獅子柱頭已是印度的象徵國徽，在
印有甘地像的鈔票與印度的海關關防上均可見到角落印
著四獅子柱頭，而孔雀也已成印度的國鳥。

四獅子係立足在一塊圓形的基座上，座下有個「覆缽
蓮花」雕刻係屬於阿育王時代極常見的雕刻表現，基座

四周分別刻有獅子、牛、馬與象，獸形作奔跑狀，動物與動物之間間隔著線條向外四射如太陽光芒的法輪，此雕刻寓意著法的轉動無歇無盡。也有人認為此四獅子和鹿野苑園區內的達美克塔（Dhamekh Stupa）八角造型隱含有「四面八方」的象徵意義，這四這八更且可以連帶到佛法裡的「四聖諦」、「八正道」等隱喻，如此延伸，使得雕刻不僅是作品更是涵蓋藝術的精神性。

就在離博物館不遠處的達美克塔是鹿野苑碩果僅存的塔，玄奘在《大唐西域記》裡記載著：「大垣中有精舍，高兩百餘尺，上以黃金隱起，作菴末羅果，石為基階，碑作層龕，龕匝四週，節級百數，皆有隱起黃金佛像。」五世紀笈多王朝所建的達美克塔底下還有更早的遺跡，考古學家認為更早的遺跡即是阿育王時代所造的紀念塔。達美克塔應和博物館的雕刻作品一起欣賞，從這座塔身所殘存的雕刻可見大塔外圍的浮雕之美，佛陀、人物、花草、飛鳥、走獸及幾何圖形仍殘缺地昂揚著某種不逝不凋的絕美風華。在夕照下，更顯金碧耀眼，殘存的色相仍是莊嚴無比。

印度早期的舍利古塔都是實心結構，且基座多呈覆缽式的半球體形狀建制。一八三五年英國考古學家康寧漢曾經在鹿野苑進行考古，考古隊曾經打開達美克塔的上半部小室但為見任何舍利遺物。

鹿野苑是佛陀「初轉法輪」的聖地，

鹿野苑除了在阿育王時代建了許多的佛教建築外，鹿野苑在後來的笈多王朝時期還是著名的佛像造像雕刻中心，出土文物多，佛像的材質大都是用黃土帶點白的砂岩。在博物館見到的佛陀雕像和犍陀羅時期的袈裟曲線表現不同，鹿野苑的佛像雕刻在衣飾上恍如佛陀身上的衣服，有如一層薄紗，沒有曲線縐褶等肌理，因此整座雕像顯得柔和光潔。

鹿野苑博物館館內陳設簡陋，但作品卻很有分量，這裡共挖掘出近三百多尊佛像與重要碑文等古物，有的送往德里國立博物館與加爾各答博物館，所以現在博物館的藏品少了些，但因為有阿育王四獅子柱頭在館內坐鎮，所以還是很吸引人。

除此，笈多王朝時期的「初轉法輪像」也是鹿野苑博物館的館寶，佛陀主像居中，背影有圓形光暈，五比丘、雙鹿在台座正面，佛陀面相靜穆祥和，目光呈向前

1：阿育王時代的四獅子柱頭。
2：阿育王石柱上的巴利文字。
3：鹿野苑博物館鎮館之寶，佛陀初轉法輪石雕作品。
4：達美克塔是鹿野苑碩果僅存的塔。

下半開的低垂狀，嘴角稍稍上揚，雙手結有法輪印，座屏飾有浮雕紋飾，頭光的左右側上方有飛天各一。此作品在館方末端的主牆，在小燈光的渲染下，許多朝聖者當場就在此雕像前膜拜起來，古物與人似乎當下心心相印了起來。

在博物館內的組合佛傳石雕板收藏亦豐，多是描繪佛陀的故事，如「白象托胎」、「樹下誕生」、「踰城出家」、「林中修行」、「九龍灌頂」、「降魔成道」、「初轉法輪」等。

此博物館裡面不能拍照，如要拍照得申請，據說得花上五千多盧比才行。當我邁出博物館時，一名館員跟著我，向我索取小禮物，真是「館格」盡失。就在想該如何取得這座博物館最重要的「阿育王時代四獅子柱頭」與「佛初轉法輪」的照片時，外頭小販高舉著幻燈片賣著，花了一百元盧比，於是我擁有了關於博物館的館寶紀念照與回憶。

上圖：鹿野苑博物館內珍藏的佛雕文物，出土於鹿野苑園區內。
下圖：印度德里國家博物館館藏的印度教雕刻藝術作品。

那爛陀大學博物館

　　走訪那爛陀大學的行程裡，順遊那爛陀博物館，博物館文物都是從大學遺址挖掘出來的。繞行大學城許久，出了植滿無憂樹的校門走到對街，穿過高聳入天的娑羅樹來到那爛陀博物館，博物館小，收藏品皆是從那爛陀大學遺址的文物，佛像和雕塑、器皿等，更有從九到十世紀的帕拉王朝的精美銅雕。佛像和其他小雕像塑材多為岩石和赤陶瓦。

　　　　近幾年考古學家在東北方薩瑞土丘（Sarai Mound），進行挖掘工作，發現了該地許多描繪馬隊、象群等壁畫，說明了那爛陀大學當年的盛況。

　　此間博物館展覽室簡陋，佛像作品也都遭到當年伊斯蘭教徒入侵時將之削鼻或是斷手斷角的「破相」命運。

　　在殘破的容顏裡觀外相無常，在時光裡體會人間的恩怨殺戮，已成了印度之旅的一門功課了。

進入那爛陀大學博物館入口。

那爛陀大學博物館外觀。

印度雕塑藝術欣賞

　　除了精彩絕倫的神話，印度的藝術精髓就屬雕塑了。

　　就像義大利藝術家為了上帝而有了雕塑和繪畫的極致，印度的雕塑繪畫也是充分弘揚教義和顯示虔誠信仰所達的極致表現。印度的藝術是附屬於宗教的，且印度重「死」遠勝於「生」，源於聖者入滅，後人興起膜拜之心，因此便造起了獨特的窣堵波（Stupa）形式。

　　「窣堵波」（音譯）是古印度特有的宗教建制，也就是「舍利塔」，建制通常是一個半球形的頂蓋或土墩，內裡置放著神聖遺物，遺物如僧侶聖者的骨頭或牙等，或者是其生前經書或用過聖物等。原本只是抹上灰泥的土墩，素樸且一無裝飾，後來又在基座上另加一圈浮雕鑲版飾帶，最後又在接近墳頂處添上華麗的雕飾。此都是在佛教時期，形式才有了改變，後來且在舍利塔四周設起柵欄，缺口處設立門樓，並蓋起了廟宇，門樓廟宇給了雕塑空間，於是神像就被點綴在門面上，從一個神像到一組神像，廟宇的雕刻日趨繁複華麗，雕刻

藝術於是蓬勃了起來。精美的飾帶刻上了佛塔圖像的浮雕，石柱突出部分也雕上莊嚴的大乘佛教神像。

　　窣堵波常以灰泥爲建材，後來常演變成佛塔，塔上有莊嚴的傘蓋，傘蓋是印度波演變成遠東地區的佛塔建制過程的極重要建築特徵。加高的墳墩和柱基，也和浮雕的繁複並進。

　　在印度佛教遺址所見的窣堵波皆高且寬，出土文物裡挖掘出許多重要的舍利盒，石刻著佛陀故事與六道眾生圖。

　　大乘佛教的盛行對於建築雕刻藝術的重要影響是將純住宅式的小乘佛教僧院闊大成可供眾人膜拜的聖殿，內殿加上舍利塔，放著聖人遺骨，最後成爲混合式佛殿，後來佛殿又分出小殿以及圍繞

左圖：窣堵波常以灰泥為建材，後來常演變成佛塔，塔上有莊嚴的傘蓋，傘蓋是印度波演變成遠東地區的佛塔建制過程的極重要建築特徵。加高的墳墩和柱基，也和浮雕的繁複並進。

右圖：佛頭遭伊斯蘭教徒入侵傾毀，早期的雕刻大都是講述佛陀故事。（現收藏於德里國家博物館）

著中央大殿的小禪室等，規模日趨龐大似乎是每個宗教的必然發展，由盛入衰，也是後來釋迦牟尼佛所預見的。因之後來大乘佛教在印度落沒，舍利塔也就跟著失勢了。

佛教沒落，婆羅門教又趁勢推動改革，最後終於又成為印度教最龐大的宗教體系，現在的婆羅門教都稱為印度教。一般大眾依據著《奧義書》的〈薄伽梵歌〉所述，聖靈可以透過一心一意的虔誠奉獻來加以祈請，而成為個人的護持的守護神。於是犧牲奉獻衰退，轉變成大眾相信的是祈禱與禮拜，這也是為什麼在印度恆河常見的畫面。

而早期印度雕塑的特色大抵是內容主題多環繞在各種神祇和神話故事，天神和眾多男女神童和諸多動物等，或者是性主題等等。

在雕刻手法上，會因為神像的宗教內涵不同而表現出不同的特色，好比釋迦牟尼佛總是面目莊嚴肅穆安靜，對周遭沈默抿著嘴或微微的嘴角上翹。而印度教的濕婆神卻是色彩繽紛，非常人間的狂舞姿態。印度人慣用形象來寓意或是象徵雕像的精神。許多雕像以舞蹈為象

早期印度雕塑的特色大抵是內容主題多環繞在各種神祇和神話故事，天神和眾多男女神童和諸多動物等，或者是性主題等等。（現收藏於德里國家博物館）

徵，表現了宇宙的各種力量神威之創造力和神通力等，例如以動感十足表現濕婆神的能力，擊鼓象徵著創造力，火象徵死亡，右手作袒護狀，下垂的左手意味著解脫。

神話和宗教及藝術相結合的典範。又例如早期的佛教藝術也是用象徵物來表達深刻含意，像是用一匹馬來代表希達多王子拋棄王子生活，用一棵樹來表示佛陀當初在菩提樹下悟道，而一個大圓輪就代表當初佛陀在鹿野苑的初轉法輪，以

草履來象徵佛陀的儉樸的形象，寶座當然就意味著大般
涅槃，窣堵波則是佛陀圓寂和入涅槃的祭壇。

　　另外，常見的表現手法除了象徵物的運用外，印度雕
塑還常見運用「對照」的表現手法，例如濕婆神的剛毅
勇猛，旁邊出現其濕婆神的妻子婆婆娣，一剛一柔的對
照，常以周邊人物來加強主題人物，是以小襯大的表現
手法。

　　印度的雕塑來自於宗教，也來自生活，雕塑中常見印
度日常生活，像是房子、衣服樣式、生活用品和器具
等。印度佛像多穿著涼快裝束，和印度的氣候炎熱有關
吧，常見雕像「偏袒右肩」或是「通肩式」，佛像偏袒右
肩多見，和當時的衣著裝扮有關，佛經常提及須菩提偏
袒右肩，右膝著地。佛則偏袒右肩，敷座而坐。雕像大
都裸露胸膛，衣服從左肩斜披，一直到右腋下，衣褶多
以平行和隆起的粗雙線裝飾。

　　到了岌多王朝更是印度藝術的另一高峰，吸取了不少
外來民族的藝術精髓，並開始利用光線來調配雕像和廟
宇、石窟的構圖及比例。雕像各部分之間的比例、尺
寸、姿勢、體態、彎度、髮型裝飾、周遭物品，以及被
雕像體的地位與品貌的考據等等，印度雕塑藝術展現了
這個民族的手工藝極致精神。

　　總之過往的印度藝術展現了印度人極致的想像力與才
智，那種想像力的極致也表現在文學繪畫和神話上。如
今奄奄一息的印度藝術，原因可以說是如今印度人靠攏
資本主義和觀光潮的後果，想像力遭到扼殺，於是不再
生氣蓬勃了。生活僵化且一味向前看時，藝術所需的創
造力與想像力也就枯竭了。於今的印度雕刻或繪畫藝術
可以說只是靠著老祖宗的手工藝混飯吃，或者受僱於西
方有錢人而不斷地複製過去的產品而已。

　　這情形就好像我旅行到義大利時，見到許多義大利一
流的雕刻師受僱於富商或是企業主，而仍然一再地複製

印度教的濕婆神卻是色彩繽紛，非常人間的狂舞姿態。印度人慣用形象來寓意或是象徵雕像的精神。許多雕像以舞踊為象徵，表現了宇宙的各種力量神威之創造力和神通力等。（現收藏於德里國家博物館）

大衛雕像、耶穌受難圖、天使、聖母慟子像等，人人都成了仿冒的「達文西」，而在印度則是人人都成了雕刻作業員，或是編織作業員。西方世界不僅將靈修企業化，也將文化生產化，文化成了物品，文化買賣的巧妙之處在於產品必須易地且換牌，易地販售和名牌一換，身價水漲船高，一本萬利。

許多木刻、石刻工藝品和衣服、飾物來自「Made in India」，廉價手工代工是他們的命運，印度大老闆聯手和外來有錢商人一同剝削自己的人民與土地資源。那些標榜著異國風情的華麗物質是資本主義和名牌產業者至此挖掘和生產的符號，只是產品到

了西方換上名牌，成為國際品牌，成為時尚雜誌名模貴婦炫耀物，生產機制於是有了剝削，貧富差距，讓搖身一變成為瞬間之事，產品轉換，身分頓成兩個世界。

當我們睜大眼睛在欣賞或使用時尚界推出的東方異國情調時，別忘了產品背後的底層所鋪成的黑暗，那是舉世廉價勞工下的一群群女工童工在狹小空間裡不斷地縫縫又織織。又時尚界香水來自於印度極多，巴黎的香水工業每年要奪取花屍上千萬朵，欲求開花而噴灑農藥之舉使得田地沃土大量流失，而每年收割時興奮地睜著黑白分明的大眼睛捧著茉莉玫瑰花的小孩奔跑於田野，期待摘滿的花朵可以秤好重量後換取糧食。檀香木材或是花屍提煉成精油或香水，可以說是以印度（和第三世界）的土地生態和人民汗水所換取。

這就是印度，今日印度的手工藝已淪為西方時尚界的代工剝削地。

談起印度的建築及雕塑藝術或是其他工藝藝術總得追溯舊往，一如尋覓佛陀足跡，只能回到歷史，只能流連遺跡，只能瞻仰文物。

但本質是什麼？

本質從來沒有改變過。

再也沒有比這樣的對立，更讓人興起直探本質的念頭與悲哀之感了。

執筆至此，不禁想提提英國已故作家佛斯特在《印度之旅》開頭所寫的：「到了十八世紀居民就失去了裝飾住宅的熱情，且人們從未自動地裝飾他們的住宅。市場裡沒有圖畫，也幾乎沒有雕刻。木頭看起來像是泥巴做成的，居民也像是移動著的泥塊。」

欣賞印度的雕刻藝術是只能往久遠的年代尋覓了。

左圖：印度雕塑還常見運用「對照」的表現手法，例如濕婆神的剛毅勇猛旁邊出現其濕婆神的妻子婆婆娣，一剛一柔的對照。（現收藏於德里國家博物館）

帝國盛世 蒙兀兒遺蹟憑弔

心無罣礙　無罣礙故
無有恐怖　遠離顛倒夢想
──《般若波羅密多心經》

印度的近代歷史是被統治的歷史，伊斯蘭教統治四百年，接著英國統治兩百年，一九四七年印度才獨立，成為現在的樣貌。

四百年不算短，旅行印度如今可見大量的伊斯蘭教遺跡，蒙兀兒王朝（Mughal）勢力處處可見，十五世紀初到十八世紀中葉的伊斯蘭教政權統治了印度北部和南部，對於印度的藝術文化發展，更是有著無遠弗屆的影響力。

伊斯蘭教勢力最興盛的時代即是蒙兀兒帝國，在西元一五二六年由成吉思汗的後裔巴拜兒（Barber）建立，到了帝國第三代阿克巴大帝（Emperor Akbar）奠定南印度以外的全印度統治權，到了第五代沙迦汗王（Shah Jahan）在德里建造Lal Quila城（又稱為紅堡）、在亞格拉締造了建築傳奇泰姬瑪哈陵，沙迦汗王揮霍了其祖父帝國巨大的錢財，帝國國力趨弱，其後代又多行不義，加上政策失誤，致使帝國勢力縮小，最後印度終於分裂，帝國名實俱亡，印度在一八五八年成為英國殖民地。這就是蒙兀兒帝國在印度的興亡史。

帝國在藝術美學上最值得一提的是阿克巴大帝和沙迦汗王。

沙迦汗王的祖父阿克巴大帝創建了一個十分特別的管理機制，且藉由印度人來執行，掌位者的酬謝方式是現

夏季汗宮，融合印度和波斯建築風格，主體採用紅色砂岩，牆飾以白色大理石為裝飾。

金制而非分派土地，這有助於君主政權的鞏固。在文化
交媾上，阿克巴採用非正統伊斯蘭教，這可從他採用了
印度古吠陀（Vedic）的傳統，在信仰上承認許多的神學
系統裡看出端倪，除帝國制外，阿克巴大帝融合不同的
學說、信仰，受到了印度傳統影響的繪畫與波斯形式的
建築，綜合形成了獨特的蒙兀兒藝術，為其帝國注入新
活力。

紅堡宮殿宏偉、美學顛峰

　　亞格拉（Agra，又音譯：阿格拉）位於印度首都德里
南方兩百公里處，曾是蒙兀兒王朝首都，十六、七世紀

為其盛世，皇宮建築盛景處處，至今仍有多處遺跡讓人讚嘆。古建築、城廓、紅堡、陵寢……讓來到印度的人總是會想起伊斯蘭文化在此發光的世代。在此城市的市集和商店可以買到許多品質佳的手工藝品，大理石鑲嵌造型的工藝品、石雕、絹絲物、織繡品等。

　　沿著亞穆那河（River Jamuna）小山丘所建的宮殿城堡，亞格拉堡（Agra Fort）用紅色砂岩建造，故又名「紅堡」，與德里的「紅堡」齊名。

　　這座巨大厚實寬廣的紅砂岩城堡是阿克巴大帝於一五六五年到一五七三年建造的半月型城堡，原本只是用來抵禦外來武力的軍事用碉堡。紅堡是不規則的半圓形，基座平行於亞穆那河，河的一邊有寬廣的高台立在兩段牆間有侵入的不規則稜堡，最突出的稜堡管理水門，主要入口是西邊的德里門，城門的防禦工事有斜坡的入口，因此進入道路是險峻的坡道。

旅人到此總得走一大段坡道才會抵達紅堡的入口。美
學注入在生硬的軍事碉堡建築上是此遺產值得珍視之
因，實用目的的元素竟然也有美學的分量，因此讓人對
於亞格拉紅堡發出了讚美之嘆。

阿克巴大帝非常重視印度本地的工匠資源，在他的時
代光是官方記錄結合孟加拉和波斯樣式的建築即有超過
五百座的紅砂岩建築物。

到了沙迦汗王時代，紅堡才從軍事用碉堡轉成宮殿，
擴增了許多宮殿，儼然自成一個小城市的格局。蒙兀兒
王朝的建築繁複華美，全拜沙迦汗所建，沙迦汗是所有
蒙兀兒王朝裡最酷愛建築的國王，再加上其本身的浪漫
完美性格，於是許多建築均在其手中完成。

蒙兀兒帝王接見民眾的宮殿，參見貴賓的主要宮殿更
是展現了帝國燦爛盛世。江罕基瑞宮（Jahangire Mahal）
的殿堂內有多柱廳，沙迦汗王繼承了祖父的偏好，將柱

1：白色大理石的大廳可穿至外面陽
　　台、廣場，遠眺泰姬瑪哈陵。

2：紅堡的Jamas清真寺，紅砂岩建築，
　　仿聖地麥加清真寺及印度傳統樣式
　　的風格。

3：公眾大廳，四周環繞迴廊，波斯、
　　印度風格融合的樣式。

4：紅堡入口牌樓（局部）。

廊轉換成印度的形式。

　　多柱廳的風格早在蒙兀兒帝國開國君王巴拜兒時即已大量建造，柱子多以對角的方式加在主要軸線的前廳，另外像庭園宮殿般的建築風格也是在早期即已確立。

　　在亞格拉紅堡的江罕基瑞宮平面上可以清楚見到中軸線的對稱之美，正面入口色彩稍醒目，穿過方形的中央宮廷可以眺望河休憩的台地，宮廷孤立在整個皇宮的中央，以作爲主要招待處。內部是採用紅色砂岩系統，在砂岩表面鑲嵌著各式各樣的裝飾主題，外部仍可見到嵌入白色大理石和彩石的蒙兀兒典型建築風格，不過在裝

1：昔日沙賈汗皇宮浴池。
2：六角窗牆飾，中間的鏤空如花朵綻放，十分精細。
3～4：皇宮建築局部。
5：夏季汗宮外面入口處的紅砂岩牆面建築。
6：大理石扶把。

飾浮雕上則是明顯的伊斯蘭教風味。

　　沙迦汗王在建築上常採用大量的大理石，鑲嵌珍貴寶石、金屬和半寶石，反較少使用有色的砂岩。有人評論沙迦汗王時代的建築作品過度文雅細緻的裝飾因此多了女性陰柔傾向。柱子被賦予渦狀卷飾，蓮花狀或是尖角形飾柱頭，葉形和鐘狀的基座和溝槽爲表現的元素，花的線條總是不斷地裝飾在宮殿、清眞寺和陵寢的建築中，蒙兀兒王朝是喜花的民族。至於浴室鏡面總是有著馬賽克半寶石的閃閃發亮，美不勝收，展現了帝國的威權與美麗的結合。

　　在摩希清眞寺（一六四五年）的宮廷祈禱大廳的四個角落的拜樓是以圓頂小亭取代，拱圈爲尖頂，在材料上

不用砂岩，白色大理石爲主，並用黑色大理石作爲書法銘刻的功能，整個空間極爲冷靜，和諧。

八角形宮殿亭閣是波斯的建築傳統之一，戴上了球莖體的圓頂，像是洋蔥般的立在藍天爲襯的底幕裡，像是耳朵會悠悠彈唱起曼陀鈴聲般。這類建築在伊斯蘭通稱爲八角形宮殿亭閣（Hasht Behisht），這個空間在伊斯蘭文化裡有「八座天堂」之意，八角形宮殿亭閣裡面有八個華麗裝飾的寢室，且皆以朝向中心的八角堂爲主要空間結構。

在亞格拉紅堡裡的八角形宮殿亭閣，只是一個高塔

（Musamman Burj），也是最傷感之地，沙迦汗蓋房子，沒想到兒子拘禁他，等於他替自己蓋了死亡的陵寢，此八角形宮殿亭閣就是他晚年被其子篡位囚禁之處，登上高塔，沙迦汗足以堪慰的是此地居高視野寬，望得遠，他可以眺望對岸白色的泰姬瑪哈陵，愛后姬瑪魂埋其中。當年愛情的力量眞偉大，他僅爲了一介皇后之死，勞動萬民費時二十二年打造一座有史以來皇后級最豪華最巨大的陵寢，後來他自己卻遭子叛變，囚禁，晚景淒涼。這是業力？因果？落得父不父，子不子，君不君，臣不臣。歷史是個殺戮的歷史，何況是深宮怨。

血腥狡詐是其中的一帖。

這使我想起中國梁武帝爲其皇后作懺，著名的《梁皇

上圖：皇宮中庭，花木扶疏。
左圖：在夏季汗宮前面，有一個巨大的
　　　石雕浴池，浴池旁還設計石階，
　　　浴池之大，要七個人才能環抱。
右圖：沙迦汗王居所，大理石在繁複細
　　　部結構，美侖美奐。

寶懺》即是由此而來。

　　宮殿外周圍蒼翠林木，草坪如茵，可以眺望泰姬瑪哈陵。旅人現在站的陽台位置，就是迦汗王每日在八角高塔陽台凝望著愛妻陵寢之地，最後沙迦汗王望到病倒了，還用寶石戒指的折射光凝視泰姬瑪哈陵，直到撒手人寰。

　　生苦、病苦、愛別離苦！

　　在紅堡宮殿可見醒目的莫迪寺（Moti-Masjid），此清真寺以純白大理石建成，故又稱為「珍珠清真寺」，矗立於紅色城堡中格外耀人眼目。帝王在Diwan-i-Am接見一般民眾，往裡走，可以見到后妃的宮殿Rang Mahal，帝王接見貴賓的地方以及許多的浴場等等，裡面宛如迷宮，走也無盡，望也無盡，深怕走失了，還得緊緊隨著印度導遊的步伐，眼睛忙著看，耳朵忙著聽導遊解說，一停下來拍照，一眨眼間，導遊已經隨他人跑到別的宮殿了。

　　蒙兀兒王朝的建築通常有花園和噴泉，花園象徵伊甸園，噴泉的水象徵綠洲，二者皆是指向天堂。在《可蘭經》裡天堂是創世紀的伊甸園，天堂裡有花園有水，覆蓋大地和天空，在講究秩序的狀態裡，蒙兀兒的建築藝術因此出現大量對稱、對比、幾何排列的圖案和造型。

　　亞格拉郊外西北方約十公里處的Sikandra有一座阿克巴大帝陵（Akbar's Mausoleum）建於阿克巴逝世的前三年，其子再陸續完成，十七世紀遭到破壞，現在遺跡可看到地下室的王陵，樸實莊嚴，據說完全依照阿克巴遺願完成，風格的素樸和其後代的豪奢絕然不同。泰姬瑪哈陵及紅堡可以和此一起參觀，將有對比強烈的觀感。

蒙兀兒王朝藝術

　　蒙兀兒建築形式源自於波斯，再加上印度傳統，形成了蒙兀兒王朝建築自身的風格。蒙兀兒將從移植來的印

度裝飾藝術加在波斯形式，華麗風格在工整對稱的樣式中形成了蒙兀兒王朝的獨特波印藝術風味。

蒙兀兒式的清眞寺與陵寢是以正方形或矩形底部爲基礎，上面蓋有巨大的圓頂，兩旁高高聳立著對稱式的尖塔。偏好紅砂岩和大理石材質，格子圖案和幾何圖案，牆壁圖飾伊斯蘭教經文和花草圖案並用。

主體建築前面慣見的設計是必然有一座大花園，旁有水道、噴泉等，也是探對稱的結構。

拼花雕嵌技術，是北印度最著名的工藝藝術，到亞格拉定然會參觀的大理石工藝。

拜幾代君王酷愛藝術建築，遂也發展了精緻文化，繪畫文學和音樂舞蹈都在皇室推波助瀾下達到高峰。

蒙兀兒的繪畫通常偏向寫實風格，宮廷軼事，民間百態，自然生態等爲常見主題。蒙兀兒王朝時期盛行的人像畫至今仍是印度最流行的寫實風格。被廣泛地用到地毯、織品、刺繡、家具、木盒子、工藝品等圖案上。

阿克巴帝國的文化遺產已是世界上的最偉大的帝國之一，不過對外擴張且持續地進行阿克巴祖業的是著名的沙迦汗王（Shah Jahan），他是阿克巴大帝的孫子。沙迦汗王帶引了蒙兀兒帝國攀上文化藝術的高峰，且遠征南方國土。可惜的是遠征鮮少勝利，導致了帝國系統開始的鬆動瓦解。但在沙迦汗王時代波斯和印度的合作仍是締造帝國文化與建築藝術的原因，也一直持續不斷地進行。直到沙迦汗王遭其子囚禁篡位，狂熱的穆斯林清眞寺於是取代了波斯與印度融合的藝術風格。

在阿克巴大帝時代的建築風格慣常在傳統的清眞寺中蓋有祈禱大廳以及連接到西邊修道的迴廊，在高度上，中央穹窿門廳的門面與內部有所區分，裝飾細部再次結合從印度各地蒐集而來的鑲有彩石和大理石的紅色沙岩，紅色砂岩往往凌駕了鑲嵌的彩石，吸引著最初照見的目光。此爲阿克巴大帝時代的作品特色。

左圖：陽台外可眺望泰姬瑪哈陵。
右圖：大理石鑲嵌層層依序而下的裝飾噴泉。

　　到了沙迦汗王波斯的影響則更普遍，以華麗的磚與磁磚著稱，建築師們多用彩石及大理石媒材結合，使伊斯蘭建築藝術再登頂峰，從平台到遮蓬多使用地方元素風味外，門廳和球莖形圓頂則為外來形式。

　　沙迦汗王為其愛妻打造的泰姬瑪哈陵更是將印度和穆

斯林的建築攀上了高峰，大理石陵寢建築主體下劃分了
四個區域的花園，花園佈滿水池，軸線清晰，主體四周
的清眞寺採用紅色砂岩，對襯著主體白色大理石，紅白
兩色在日月星子的輪流照映下，呈現迷人的丰姿，是印
度與波斯文化結合的建築美學極致作品。

絕美愛情

締造不朽神話

汝負我命，我還汝債，
以是因緣，經百千劫，常在生死。
汝愛我心，我憐汝色，
以是因緣，經百千劫，常在纏縛。

《大佛頂首楞嚴經》

世間有這等愛情的結合，其發生與滅絕、自始至終皆以一種完整的激情與永恆的承諾來做爲此生愛情的印記。

浩大建築群的完成只爲了成全一位皇后的臨終之言，只爲了一個國王的渴慕相思之情，綿絮繞境終成絕響。

過往王朝時代，人們重死亡更勝於生存，亡魂雖杳卻仍掌控在世者的一思一念，牽牽掛掛天上人間相逢，因爲相信魂魄之說。爲此，權勢財力頂尖者若遇上一生的最愛消殞，莫不以豪華的陵寢爲終生的悼念。泰姬瑪哈陵（Taj Maha）就是這樣的愛情下所供養而出的產物，這產物當然還得架構在至高無上的財勢之上。

泰姬瑪哈陵的名稱即是取自於皇后之名「穆塔芝·瑪哈」（Mataz Mahal）的名字「瑪哈」，泰姬的意思是「思念」，所以這座舉世聞名的陵寢若以意譯來命名是「思念瑪哈」。

蒙兀兒王朝的瑪哈皇后與國王沙迦汗結合十九年光景，一六三○年瑪哈皇后在生十四個孩子的分娩時去世，年方三十八歲。相傳其臨終之前要求沙迦汗王終身不得再娶，且要爲她建造一座世界上空前壯麗且眾人皆可瞻仰的美麗陵寢。

深愛瑪哈的沙迦汗王悲慟地答應了，他深知這是表達對愛后的唯一方式。隔年即開始興建，動員了印度和中亞等地的工匠共約二萬名，費時了廿二年才打造完成。

泰姬瑪的設計匯集了許多民族的精粹，印度、波斯、中亞各地的建築師，最後是波斯建築師採取了各方案的長處而成。

沙迦汗爲愛后建立這等絕等盛世，他的晚年卻是境遇孤獨淒涼，被他的三子篡位後幽禁在紅堡皇宮內的八角樓樓塔，樓塔的陽台正好可以眺望泰姬瑪哈陵，沙迦汗就這樣日夜眺望著他爲愛妃打造卻不得靠近的美麗建築，當他生病倒下無法起身眺望泰姬瑪哈陵時，他還盯

著手上的寶石，將寶石放在陽光折射處，遠方的泰姬瑪哈陵的建築映在寶石上，一點微光所映出的建築局部，即是當初不可一世的沙迦汗唯一的小小慰藉。

那寶石所折射的建築影子，也許只是一角一隅，也許只是濛濛幻覺，但對於沙迦汗而言那方寸之地卻是世界唯一的版圖，是愛情盡頭的無限延伸。

七年的鬱鬱孤獨，七年的苟活寡歡，被廢的沙迦汗王帝權不再，隔著亞穆那河遙望長眠愛妻肉身的陵寢。七年後，他過世，無人為他建豪華陵寢，其兒子將其靈柩放葬在瑪哈皇后的棺木旁。但據當地人說，這沙迦汗王的棺木並非和瑪哈皇后的棺木平行並置，而是放得略微歪斜，成為整座陵寢中唯一不講究「對稱」之處。這也是其兒子的小小詭計，有點挑釁父王傾畢生之力的完美思索。

先走一步者有人送行，先走一步者有人相思，果真在兩人恩愛的世界裡先走一步是幸運的，至少有人送終，而後走一步者只好孤苦以終，即使是權傾一世的國王最後都無法免除自己命運的倉皇變化與寂寂凋零。

沙迦汗未能預知死亡記事，死神早一步來到他的生活。酷愛建築的他其實原本即打算替自己蓋陵寢。據悉原本沙迦汗打算採泰姬陵模式，在河的北岸再修築一座全黑色大理石的陵墓，以作為身後之地，並且與愛妃鎮日對望呼應，相映成趣。除此，在這兩座陵墓之間，他還打算架一道飛虹，跨越黑白兩座陵寢。

泰姬瑪哈陵全景。

然其業力成熟快過他的計畫，被其子囚禁後，只能鬱鬱以終。否則這一計畫聽來頗具幻想力，應又是建築的另一傑作。只是再深思細想，這一傑作不知又要花費多少錢財，動員損傷多少人力了。

世界七大奇景之泰姬瑪哈陵

　　從德里驅車五小時來到亞格拉（Agra），亞格拉是曾經雄霸一時的蒙兀兒皇朝的首都，藝術建築在繁華盛世開花，旅人於今至此瞻仰泰姬瑪哈陵外，亞格拉紅堡皇宮也是必然朝聖的建築遺跡。

　　排隊等著進入泰姬瑪哈陵大門前，周身是喧囂不休的小販與乞者，販售著柯達富士底片、成落成疊的明信片、成串成串的項鍊與念珠、小小泥塑的佛像菩薩像、看起來黝黑的不知名零食……得怪病在地上爬行如猴的乞者、抱著髒兮兮裹著布啼哭嬰兒的婦人、瘦骨嶙峋的老人、大腹便便穿著豔色沙麗的少女、大眼睛下眼光泛著淚光的孩童……

　　我快要喘不過氣來。我不敢移動目光，只望著前方的隊伍前進。

　　在印度，觀光景點索討者眾，看準我們過客心情的難受，乞求一丁點可能的賞賜。在印度，受的折磨不是髒不是亂，而是這種逼臨現實苦境的精神虐待。這種繃緊神經底層的人間苦欲之感受，隨著旅程的時日延長後才開始淡化，或許也可以說，過客如何解決他們的問題，就像當地印度導遊說的，不要施捨給他們錢財，因為這會成為習慣，許多人都不上工，小孩都不肯上學了，直接就當乞丐。

　　輪到我時，印度導遊已買好了票。為了保護古蹟，檢查極為嚴格。食物等等皆不可帶入，拍照另外付費。

　　進入泰姬瑪哈陵，尚未見到主體建築，就已被滿眼的盛世繁景吸引，乍然心情從方才的雜蕪與悲苦的人間，轉入一個抽離的造景造物之絕美。外頭的印度當地窮人也許一輩子都沒有進來過，他們所被允許的是外頭的街道，或者只能看著手裡販售的明信片過過欣賞的乾癮。

　　這樣的諷刺，這樣的對比，矛盾是印度的主調，衝突

泰姬瑪哈陵正門入口的紅砂岩牌樓。

是印度的配料，不必懷疑，印度什麼事都可能發生，心情變化除了無常還是無常。

廿二支小圓頂──紅砂岩正門

穿過成排的老樹，即抵正門。紅色砂岩建築在陽光下閃爍一種類似玫瑰石的色澤，正門邊緣裝飾著白色邊框與圖案，回文在圖案之中，典型的伊斯蘭教建式。正門頂端前後各有十一個白色小圓頂，每個圓頂象徵著一年之意，前後各十一支小圓頂加起來剛好是廿二，象徵著泰姬瑪哈陵建造的時間刻度。

連細節處都著眼，這是此建築群的高妙之處。

中央主體陵寢的華美

　　穿過建造與雕刻精美的正門後，才透見泰姬瑪哈陵的主體建築。潔白明亮的大理石構築了陵寢的主體，再加上精雕細刻和鑲金鏤石的印度工藝技術，把簡潔明朗的伊斯蘭風格和富麗堂皇的印度風格和諧地融入了起來。

　　整體建築觀之，泰姬瑪哈陵有方形、圓形、三角拱形、圓柱形以及對稱工整的幾何圖形，這是伊斯蘭風格的特色。至於細節的工巧就是屬於印度人的建築藝術了。特別是在伊斯蘭風格那講究工整的線條之外，印度風格總會偷渡其中，在其中置入寶石的裝飾性花邊，在長方形的門扉門窗內也裝飾著透雕技術，鑲上花卉葉脈等圖騰，色彩如錦繡，精雕細琢。

　　泰姬瑪哈陵可說是伊斯蘭主體建築加上印度細部風情的結合體建築。

　　白色大理石的伊斯蘭教洋蔥式頂端在陽光下折射出一種光彩，加上中央主體建築的前方有一廣袤的長方形水

左圖：蒙兀兒的紅砂岩與花葉植物圖案相襯。

右圖：主體正面的門扉裝飾著《可蘭經》經文。

下圖：水池倒影著白色陵墓。

池，水池完整地倒映出中央主體的全貌，於是陽光下在
視覺的悠晃裡，十分地夢幻，宛如是兩個建築的互相凝
視，又似天上人間兩地相思的悠悠然，這座水池簡直是
沙迦汗的化身，愛妃躺在真實的建築內部裡，而他則以
水鏡如面般地反射她的存在，水中有她的倒影，她的倒
影融在水的懷抱裡，這座水池的幻影有時更加讓人感到
淒美。

　我不禁加速趨近這樣的絕美。

　感覺他們的世紀戀情其幽幽之靈還在四周徘徊款款低
語。似乎兩人在陰界亦歡亦愛，毋須重生毋須超渡，他
們彼此幽禁在兩人的世界，榮華不著邊，富貴不著際，
就這樣聽聞著雜遝不絕於耳的旅人步履響過他們兩人的
陵寢。生要同聚同哀歡，死要同守同悲悼。

　據悉，若是世間情愛太過執著相聚，那麼靈魂會囚禁
在陵寢裡很難超生。死亡的世界我自不知其細節與溫
度，但是聽此一說倒是背脊起了涼意。

　要是穆塔芝‧瑪哈皇后的靈魂還在此的話，那麼都有
三百多年了。或者沙迦汗的靈魂和她作伴，若此也許是
幸福的。時光不曾流逝，之於亡者；時光滴滴消殞，之

左圖：陵墓旁邊的側樓。
右圖：鐘塔。

於活人。只有我們呼吸的每一剎那，才感受得到光陰的點點滅絕，是活的人才在分分秒秒計較青春與時光的催人老。

　　然而，傳說聽聽，不必認眞。

　　「任何一個角度拍攝泰姬瑪哈陵都不會產生逆光。」印度導遊小莫說，當初沙迦汗在選擇建築方位時似乎就已洞見將來這座建築會讓拍照者不斷地舉起相機似的，竟然會挑選一個任何角度都可入鏡的方位，是何等地費思量啊。晨昏是拍攝建築的最佳時間點，許多人甘願等著最佳時光攝影。

　　占地廣大，卻絲毫不覺置身陵寢中，反倒以爲是進宮朝拜。

　　泰姬瑪哈陵的樣式明顯地融合了印度、波斯、中亞伊斯蘭教等風格，整個建築群包括前庭、正門、蒙兀兒花園、噴池、水道、中央陵寢主體和左右兩座清眞寺。

　　顯而易見的是泰姬瑪哈陵的建築美學概念是依循著「平衡」、「對稱」，且在設計上與數字「4」有關，因爲放眼看去是四的顯現，四座小圓塔、四支尖塔、四角形庭園、四條環繞水道。據瞭解在伊斯蘭教的信仰中「4」

是神聖的數字，是和平與神聖的象徵。這和中國人對「4」諧音不祥的觀念倒是大異其趣。

脫下鞋子給了看管人小費後，赤腳爬上階梯。冰涼的大理石已經被太陽曬得溫燙。

近看見到這座主體建築是以不規則的八角形為設計，基部為正方形和長方形的組合，主體中央有半球體圓頂，半球形的周圍裝飾著四座小圓頂。

從遠觀來看這座陵寢的主體建築是白色大理石，近看方見到在白色中鑲嵌著紛紛然的顏色，寶石、半寶石、水晶、翡翠、孔雀石、馬賽克等，這些材質以人工鑲嵌拼綴而成花紋與圖案。許多印度導遊會拿著手電筒照著半寶石，寶石旋即透著或藍或紅等等彩度，若是陽光照射到這些寶石或半寶石時便會熠熠生輝。

而今旅人所見的寶石或半寶石等裝飾物大都是後來印度人修復補綴上去的，因為英國人統治印度期間敲下了許多的寶石與半寶石，瑪瑙水晶珊瑚珠貝琉璃就這樣地橫生被帶回了英國，現在大英博物館即有不少搶掠而來的印度寶物。

同樣的主體正門門扉上裝飾著《可蘭經》文，在設計上門扉上端的伊斯蘭教經文字體比下方的經文要大一些，這樣一來，當我們站在下方仰望上面門扉經文時，會感覺到字體一樣大小，感覺一種平衡，這可說是利用了人類視覺距離差異所帶來的平衡設計。

也是一種巧思。

特別在那樣沒有電腦的十七世紀中葉，全靠手工打造，殊屬不易。

欣賞過正門的華美，轉身走進門處，陽光即被肉身擋在整座大門之後。內部無光，陰幽，有點寒冷。中央圍著一座雕工細鏤精緻的大理石屏風，屏風內圍起兩座石棺，但此並非真跡，內部是空的，此為模擬地下墓穴的仿造品，真跡在旅客參觀處的地下室，一般人是無法一

左圖：陵墓主體以白色大理石為主，大理石內部鑲有許多不同顏色的寶石、半寶石、水晶、孔雀石等。

上圖：遠眺泰姬瑪哈陵，在反光下，黑白分明、如夢似幻。

下圖：陵墓內部，幽暗，中央圍著精雕細鏤的大理石屏風。

探究竟的。

光遐想即已淒美，眞要見到腐朽不已的肉軀可要大壞想像馳騁。

雖說旅遊書寫著晨昏來此最佳，但是若能待到晚上更顯幽秘，若遇一輪皎潔明月高懸，愛情的魅惑將飽滿流瀉。印度政府自從一九八五年開放泰姬瑪哈陵以來，每日皆開放到晚上七點半，現在且多了每月的滿月期間多開放五個晚上供民眾欣賞不凡的華麗夜景。

我從停棺處的陰幽轉向外頭的陽光廣場，此時泰姬瑪哈陵主體的四方角落豎立的尖塔正沐浴在斜陽中，色澤美豔，高達四十二公尺是清眞寺的教拜塔，一天響五回，護佑著陵寢。主體兩側各有一座清眞寺，和主體的白色大理石不同的是四周牆面採紅砂岩建造，唯中央洋蔥式尖塔爲白色大理石，前方亦有長方形小水池，於是倒影成四座清眞寺，對稱與平衡處處展現。

色澤也顯然經過細細考量，紅白相映，且隨著日月倒轉出不同光譜的流金歲月。

憩在蒙兀兒花園觀史蹟修護

波斯式的花園特色是呈現切割狀，陵寢主體正前方是一座蒙兀兒式的花園，利用中央的水池噴泉水道將花園隔成了四角形，植以兩列成排的樹木，於是成了四等分的小花園，參觀者不論往東南西北方向皆可遇到一座小花園，花園花木扶疏，一些男女正在除草植花，人們在此歇憩，感到安然。

在之前進入陵寢主體前的正門旁邊迴廊的立體牆面懸掛著歷史圖片，圖片是介紹印度政府如何修復陵寢工程，並展現著修復前和修復後的並列圖片，重點是清洗大理石的浩大工程。

我並繞到工人正在清洗的牆面參觀，鷹架上許多工人

牆上展示著維修人員如何把破碎的磚彌補的前後對比照片。

正在抹上一種獨特研發的清洗土，黏貼到大理石表面後，過一陣時日，再剝去清洗泥土，大理石的陳年污垢並隨之卸下，這項修復計畫是受到聯合國科文教組織的協助。

死亡與新生、幽黯與明亮交替

緩緩地體會一段人間愛情神話所締造的建築藝術高峰，何等的念力與何等的承諾，何等的不捨與何等的占有，人間的鬼斧神工之藝術都是這樣誕生的，要有某種偏執，要有某種絕對，還要有某種機運。

園內花團錦簇，斜暉染上眼際，一時忘了身在印度，印度的微光寶貴。然過客旅人的光陰有限，無法抵抗一切的劫毀瞬間來到。

就這樣悵然地離開泰姬瑪哈陵，陡然又從皇宮盛世的華美回到現實世界的印度悠悠蒼生，叫賣聲乞討聲一路尾隨到我上了巴士。

生死悠悠，浮世飄零。

一個幽黯與明亮交替的參觀旅程，絕美燦麗與腐朽衰苦交鋒而過的片片刻刻，一段不朽絕倫的愛情戀曲於今確實是神話了。

我的腳程續往亞格拉，蒙兀兒王朝皇宮之最，我又要從如蒼蠅無邊無際漫飛的眾生群相躲入凝結在歷史光暈的觀光景點了。

上圖：陵墓旁有兩座清真寺，也是以對稱結構為主體設計，十分搶眼，前有長方形水池，為了取得倒影效果。

下圖：每一年聯合國世界遺產組織贊助印度人維修清洗大理石表面。

附　錄

附錄一：歷經朝代更迭的今日——關於印度簡史

印度河文明起源於西元前兩千五百多年前，世界四大古文明之一。西元前一千五百年前衰滅，據考證和亞利安人入侵有關。西元前九百年恆河流域成立城市國家，共十六個王國。其中以摩羯陀王國的勢力最強，此時正是釋迦牟尼創立了佛教，宣揚佛法時期。

讀佛教歷史，必然會讀到孔雀王朝的阿育王，孔雀王朝可説是首次正式統一印度時期（B.C.317～B.C.180）。阿育王統治時是其全盛期，佛教也是在這個時期向印度各地拓展，阿育王造塔八萬四千及遍布各地的阿育王石柱即可説明當時的盛景。

之後印度進入貴霜王朝（Kushans）、岌多王朝（西元320～520年），岌多王朝是佛教寺院建造的興盛期與梵語文學的黃金時代。朝聖團所行走之佛教遺跡有不少都是岌多王朝紀念佛陀足跡所建。

佛教與佛教文物的浩劫是在伊斯蘭教徒於十一世紀入侵印度開始萬劫不復（佛法卻在中國生根興盛）。一一九七年，高爾王朝（Ghor）征服印度之後，自此印度文化也深深染上了伊斯蘭教文化色彩，伊斯蘭教勢力在蒙兀兒王朝（Mughal）時期進入鼎盛高峰，西元一五二六年成吉思汗後裔巴卑兒（Barber）建立蒙兀兒帝國，帝國第三代阿克巴大帝（Akbar）奠定南印度以外的全印度統治權，到了第五代沙迦汗王（Shah Jahan）是財富和伊斯蘭教建築藝術的鼎盛期，沙迦汗王後代揮霍且政策暴虐，人民積怨，到了第六代蒙兀兒帝國勢力傾頹，印度再度陷入分裂。

一四九八年，葡萄牙人開發印度航路，自此歐洲勢力侵入，在這塊土地互爭霸權，一七五七年普拉西戰役，英國獲勝，並平傭兵之亂，廢除蒙兀兒皇帝。自此印度為英國殖民地。一八七七年成立英印帝國，對印人採取高壓政策。著名的甘地獨立運動，在一九四七年印度獨立成功。

出世入世：關於印度的宗教和典籍

至印度旅行，參訪佛教聖地文物之餘，會有不少機會接觸印度生活與文

物，而進入印度生活與文物世界，必然先得大略知悉印度的宗教信仰，因為印度人的所有生活與藝術都是建構在信仰上。

在印度是凡物皆有神，光是神就有三萬多種，連老鼠也是神。印度教的基本信仰與教義揭櫫三大綱領：

一、尊崇吠陀文獻為啟天聖典。

二、祭祀萬能。

三、絕對服從婆羅門。

印度教是印度人的精神支柱，佛陀在此也被納入其中的一個偉大的神。印度教初期稱婆羅門教，超過三千年以上的歷史主宰著印度人。其教義戒殺生、禁食肉、慈悲、寬容。慈悲和寬容聽起來有點刺耳，因為舉世最嚴謹的種姓制度劃分階級就發生在此地，一旦有階級，慈悲和寬容就變成是有名無實的名詞了。

　　至於禁食肉倒是奉行在印度生活，在印度旅行大都是吃到素食，烤餅、蔬菜、咖哩、辣椒等。曾聽聞一說，那就是在印度是有錢才吃素，窮人才吃肉，因為窮人買不起蔬果，但倒是可以自行繁衍雞鴨。這只是諷刺之語，事實上在印度若見到賣肉的都是伊斯蘭教徒或是異教徒。

　　印度教是多神教，充滿神話故事，神是認識不完的。至少知道三大神即可，因為旅途中會處處聽到這些神的名字。**創造神梵天（Brahma）、守護神毘濕奴（Vishnu）、破壞神濕婆（Shiva）**。三者分別代表生命和宇宙形成的過程。其中又以毘濕奴神和濕婆神信徒最多，因此參觀印度神廟可以見到大量的雕刻與裝飾圖騰都是以二者為形象和主題故事。

　　吠陀（Veda）一字常見關於印度的書籍，簡單說此意就是古代印度最早的宗教歷史文獻總匯，反映了整個印度文明的起初與精髓，反映了印度人最早的共同信仰，典籍詞藻美，多富韻律與想像，其中文字含有許多的謎語，是眾神之間往往用神秘有趣的謎語來彼此互娛自娛。

　　關於印度的典籍都是從《吠陀經》延伸而來，吠陀文獻典籍眾多，常見的有典籍：

象神干尼許（Ganesha）是印度人極尊崇的神祇，幾乎飯店、餐廳、商店入口都會擺上一尊，可保護他們且生意興隆。

《吠陀本集》（Samhita）是一本關於神的頌歌，可說是禱文、祭文、咒語的匯集。

《梵書》（Brahmana）此典籍又稱為《婆羅門書》，淨行書，是對吠陀本集的解釋，提到祭祀的起源、方法和傳說等。

《森林書》（Aranyaka）此為梵書的附屬部分，論述關於祭祀的目的，也涉及了哲學思辨的問題。

《奧義書》（Upanisad）森林書的附屬部分，論述關於宗教祭祀的諸多問題，開始大量討論哲學的思辨疑惑，是印度最早的哲學典籍總匯，常見此書內文被後人大量引述。

另外我們常會讀到「四吠陀」，即吠陀本集四部：

《梨俱吠陀》（Rg-veda）形成於一千五百年前左右，是古代亞利安人部落的詩歌集，是一本對神的讚歌，及對自然界各種現象加以神話歌頌，這種讚歌是祭祀者在祭祀時高聲吟誦的韻文體，奉請神明的讚歌。現存十卷，經世代口傳記載下來，超過三千年的歷史詩歌，現存版本約是十四世紀所記述下來的。

《娑摩吠陀》（Sama-veda又音譯三曼吠陀），是關於祭祀的歌詠，歌詠內容大部取材自《梨俱吠陀》。現存有一千五百零九首，形成於西元前一千年左右。

《夜柔吠陀》（Ya-jjur veda）祭祀時所用的祭詞，散文體例，祭祀者以低聲唸誦。分為「黑夜柔」十八卷、「白夜柔」四十卷，也是形成於西元前一千年左右。

《阿達婆吠陀》（Atharva-veda）是用來消災納福的咒語匯集，現存有二十卷，形成於西元前一千年左右。

在印度絕大多數都是信仰印度教，他們在萬物有神之下，也把釋迦牟尼佛納入體系之一，雖然這已有違佛教初衷，但印度人如今仍是如此地奉行印度教。

這牽涉到婆羅門教與種姓制度的文化內化。於今在印度大城市雖然種姓制度漸漸被打破，但是種姓制度所影響的內在性格與文化仍然深深地鑲在

人們的心中與行為中。

婆羅門教的雛形是生成於印度最早的文明——印度河文化，印度河文化（B.C.2500～B.C.1700），直到西元前一千五百年至西元前九百年才成為真正的信仰，有了完整的教義，時間進入了吠陀時期。

於今我們在印度隨處可見的神祇以及男女生殖器官的崇拜是古代土著文化的印度河文化時期的信仰，這些崇拜不代表婆羅門教，但婆羅門教的產生無可避免地也吸納了這些原始內容，因此印度後來盛行的婆羅門教之崇拜不少即由印度河文明時期而來。

隨著亞利安人的進入，來到了吠陀時期，吠陀文獻出現，種姓制度逐步形成，奠定了婆羅門教的根本。

印度的種姓制度

我們來到印度，必然須知道何為種姓制度？此制度的內容？印度教影響最深遠的也是種姓制度，種姓制度來自於早期的吠陀文獻記載。

西元前一千年左右，亞利安人征服印度土著，為了避免和土著血統混雜，因而實行嚴格的婆羅門教之種姓制度。將社會劃分為**婆羅門**（Brahmana）、**剎帝利**（Chhetri）、**吠舍**（Vaisya）、**首陀羅**（Sudra）四個階級。階級之下還有賤民。

根據《梨俱吠陀》中的〈原人訟〉提及婆羅門是原人的嘴，剎帝利是原人的雙臂，吠舍是原人的大腿，首陀羅是原人的腳，尊卑於是有了高下。

婆羅門這個字在梵文是指神學掌控者，祭司，僧侶，負責主持宗教祭祀之人。剎帝利是武士和王室貴族（釋迦牟尼即屬於此階層）。吠舍是一般平民、農耕畜牧者、商人和其餘製造業、手工業者。首陀羅是出身卑微，靠勞力謀生者，別人的奴僕。還有是連階級也沒有的賤民等。

種姓制度中的前三個階級被認為是純潔的人，這三大階級以外的男性和婦女、賤民都是不潔的，在印度不同種性階級的人不能通婚、不能互通有無，也不能自由選擇職業。大體言之種姓制度特點是：

一、種姓是與生俱來，並非是後世皈依所屬。

二、婚姻限制。

三、地域空間限制，特定的種姓有特定居住範圍；四職業世襲；五種姓
　　分等級；各階級有所屬社群。

　　血緣成分和經濟控制，是造成種姓制度兩大原因。於是發展成印度人有
各自所依屬的共同體，在此共同體內又存在著世襲相傳的特殊性與神授
力。總之就是地理社會政治經濟信仰等等各自發展成某一社群，社群的頑
固性與權威性再劃地自限。

　　婆羅門為了掌控統治階級，所以嚴厲實行此制度，導致了印度陷入長年
累月的宿命觀裡，強者愈強，弱者愈弱，人人都無力改變現世，故而寄託
來世。

　　婆羅門反映階級的利益與意識
型態。在婆羅門的修行中還提出
了婆羅門、剎帝利、吠舍此三大
階級的男性一生之中必須經歷四
個時期的理想生活：**淨行期（梵
行期）**，幼時入塾，隨師學習，實
行宗教儀軌，履踐宗教義務，此
時期過的是求法生活。**家居期
（家住期）**也就是學成返家，此時
進入娶妻生子階段，履行的是成家立業的世俗義務，世俗生活裡的婚姻與
財富為此時的目的。第三階段進入**林居期（林棲期）**，離家入山，匿跡林
間，打坐參禪，侍梵祭天，過著儉樸出家生活，為最後的解脫之路作準
備，這階段可以攜妻修行，夫妻可成為同修。**遁世期（出世、棄世）**，單獨
實踐苦行，雲遊四方，以苦為樂，磨練心智，求取終極解脫。

　　在種姓制度裡，第四階級和無階級的人竟被排除在修行之外，像是沒有
人格似的活著。

　　佛陀即出生在等級如此懸殊的社會，在未出家前身為王族剎帝利階級，
但卻拋棄所有，在菩提樹下成等正覺時，佛陀説：「**大地眾生皆有如來智**

慧之德相」，冤親平等。

　　佛陀並為高高在上行使權力運作的婆羅門宣說《賤民經》（Vesala Sutta）。此以巴利文記載的經典是佛陀在舍衛城對婆羅門說法，起因於婆羅門對佛陀每天乞食行徑好比「種姓外」之賤民般，為此佛陀宣說此經。

誰是賤民

易怒、憤恨、兇惡、偽善、授行邪見、欺瞞他人，即是賤民。

在世間若有人令眾生受苦，此人不具有慈愛眾生之心者，即是賤民。

若有人毀村壞城，與人為敵、製造殺戮，即是賤民。

無論在村落裡或在叢林中，若有人盜竊、搶奪他人之財物，即是賤民。

若有人欠債不還，且以無欠無債為託辭，即是賤民。

若有人貪彼財物，襲擊旅客奪其所有，即是賤民。

若有人或為己利，或為他利，或為財物而作了偽證，即是賤民。

若有人或以力奪，或獲得同意，得其親友之妻，即是賤民。

若有人能力可及，卻不事孝養其年邁雙親，即是賤民。

若有人毆打或以言語刺傷其父母、兄弟姊妹，或者其配偶之雙親，即是賤民。

若有人受人詢問，卻供彼邪惡之見解，陰謀破壞，即是賤民。

若有人至他人住處，受其飲食，不思回報，即是賤民。

若有人以不實之言行欺騙婆羅門、沙門，或者任何前來之乞討者，即是賤民。

若有人怒言以對，拒絕給予進餐時前來之婆羅門或沙門任何食物，即是賤民。

若有人深陷無知，吝於布施，謗彼少施，即是賤民。

若有人驕傲自誇、貶抑他人、令人不齒，即是賤民。

若有人激怒他人、吝嗇、具惡欲、嫉妒、粗魯、不知羞恥、不畏行惡，即是賤民。

若有人羞辱佛陀或其弟子、居無定所的僧人或居士，即是賤民。

若有人並非阿羅漢，謊稱己是，乃盜竊之最，實為梵天以下諸世間，賤民中最低劣者。

方才所提及皆是賤民。一個人並非自出生而成為婆羅門，端賴其行為始成為賤民，端賴其行為使成為婆羅門。

　　讀完此經文出了一身冷汗，原來自己在生命中的許多時光以及剎那剎那的思維裡都曾經是賤民呢，嫉妒、惡念、吝嗇、驕傲……真是罪如沙漏。自己就是造化，造化是自己的心與行為所形成的啊。

　　佛陀不是造化主，祂是覺悟者，人們無論怎麼拜祂，祂依然是不生不滅不增不減，生滅增減的是我們的心啊。

　　兩千五百年時光悠悠已過，恆河逝水滔滔，恆河沙無盡，眾生仍無盡，明顯的印度階級雖然漸淡，然而印度人的命還是很不值錢，如螻蟻蟑螂般的生活者眾。

　　在印度，智慧之光似乎仍如烏雲避日，面對印度生活，常感無明，人世如火宅，人還是因欲染而盡往火堆跑，佛陀的明心見性在印度複雜的體系下後來無法開枝散葉是不無道理的。

　　總之印度於外人永遠是謎，謎中謎。

　　印度，是幽黯國度，是受傷文明，是說也說不盡的歷盡滄桑一美人。

　　種姓制度，說明了印度這樣的迷濛個性，外人難視其中奧妙，宛如霧裡看花。隨便問一個印度人，你能只用觀看就能分辨誰是哪個階級的人嗎？他們竟然都能分辨。至於用什麼方法，他們會說他們就是知道啊。再追問，他們便籠統地說，看工作看氣質看打扮等等。

　　外人不免會疑惑為什麼從古至今印度人要乖乖地順從種姓制度的主宰呢？為何從出生到死亡，甚至連來世都要受種姓制度的安排呢？種姓制度安排規定了印度人的婚姻生活工作，還包括了飲食入葬等儀式，也就是生活的一切。這樣的牢不可破和堅韌不拔是為什麼？從古代佛陀到近代甘地都欲推翻這樣的種姓階級制度卻都徒勞，改革家如暴風雨掃過一陣印度，但暴風雨後，印度又回歸了印度，種姓制度又頑強地出現。綿延千年，影響力即使到了今天受資本主義影響漸少，但其影響力從來沒有消失，而是被文明性格的內化給吸收了。

　　旅行印度，也只能體會這一切，是無法改變他者的命運的。甚至連悲哀也不必有，因為熟悉因果律便一切了然於心，眾生盡看在眼底了。

附錄二：印度朝聖與旅遊相關資訊

基本資訊

正式國名：印度共和國（Republic of India）

首都：新德里（New Delhi）

種族：印度人、德拉威族（Dravidian）、蒙古人等

語言：印度語（但通行的語言約二、三十種）

政體：共和政體

一、地理

以「世界屋頂」喜瑪拉雅山山脈和喀拉崑崙山山脈為屏障，突出於印度洋的次大陸，形成似倒三角形，總面積三二八平方公里，約台灣面積九一・一倍，南北距離三千公里，相當於哥本哈根到開羅之遠，東西距離，有莫斯科至馬德里的距離，大部分領土為德高高原盤踞，東西兩岸各橫著登高止山山脈。

孕育印度文化和恆河文化都發源自喜瑪拉雅山，而分別向南流入阿拉伯海和孟加拉灣，兩大河流在下游的地區展開肥沃大平原，是印度的穀倉。

印度地理位置大約在北緯八到三十六度之間，自然景觀十分豐富，境內有沙漠地形、雨林帶及高山草原帶。又屬世界四大古文明國之一，境內古蹟眾多，又因開發較晚，消費便宜，是個值得一遊的國家。

二、氣候

因國土遼闊各地氣候略有差異，但大部分地區屬於熱帶性氣候，季節大致可分為冬、夏、雨季，冬季為十一～三月，夏季為四～六月，雨季為七～九月。冬季溫度最涼爽宜人，夏季甚為炎熱，雨季雨量豐沛，尤其阿薩密地區的雨量堪稱世界之最。

三、社會

總人口八億餘萬人，占全世界人口的七分之一，其中大部分為白種印度教，其他人種十分複雜，使用的語言共有一百六十六種，百分之八十的國民信奉印度教，其餘則信仰伊斯蘭教、基督教、佛教及喇嘛教。

印度社會中有一特殊的種姓制度，此制度（Caste）自阿利安人帶領婆羅門教徒入侵印度至今已有四千年歷史，因此階級觀念已在印度人心中根深蒂固了。如今雖然憲法倡導廢止不平等制度，但也只有在大都市才稍有改善，而在職業、婚姻等各方面仍然有嚴格的界限。現隱藏在印度社會中的問題有：缺乏知識分子、文盲占總人口百分之六十以上、農村生產落後、貧富懸殊及少女早婚。

四、歷史

被列為四大文明之一的印度文化，早在紀元前三千年就大放異彩。

紀元前二千年阿利安人入侵，占領印度西北部，傳入婆羅門教的吠陀文化（Veda）種姓制度從此建立；紀元前四至五世紀時產生與婆羅門教對立的佛教；紀元前四世紀中葉孔雀王朝（Maurya）首次統一印度，阿育王（Ashoka）時除南端以外，已將全國領土完全控制在王朝中，但該王朝不久即衰亡。紀元前一世紀之中葉，印度再次被伊朗（波斯）血統的貴霜王朝（Kushan）所統治，此王朝在迦膩色伽王（Kanishksa）時期最鼎盛，他極力保護佛教，促成大乘佛教的繁榮後，便與希臘文化融合成健陀羅美術（Gandhara）。

自貴霜王朝後，各地群雄割據。從第十世紀開始，伊斯蘭教開始入侵，於第十六世紀建立了蒙兀兒王朝，在印度發揚伊斯蘭教文化的光輝。

十八世紀英國籍東印度公司在印度擴張勢力，於一九四七年逐由英國政府直接統治。二十世紀初葉由於民族意識高漲，在印度聖雄——甘地的領導下，開始反英活動，終於在一九五七年完成宿願獨立成功，成為民族共和國。

五、著名景點

◆德里（Delhi）

印度首都，分為舊德里和於二十世紀初建設的新首都新德里。

舊德里商店林立，人口擁擠；新德里則好似一座寬闊又整齊的公園，兩處都還很多歷史建築物。從十二世紀到十九世紀的蒙兀兒王朝，共經歷了七個王朝的興亡盛衰，受英國統治時期和今日的首都也設在這印度北部雅本那河（Yamuna）岸的德里，因此長久以來，德里一直是全印度的政治中心。

國際交通

德里是亞洲前往中東、歐洲、非洲等地的中間站，許多航空公司的班機都中途在新德里停留，從台灣出發可經由香港或曼谷轉搭印度航空公司的班機前往，非常方便。

舞蹈

自古流傳，各地各有特色，主要以複雜而優雅的手與腳的動作來表達涵意。穿著印度民族的服裝的印度美人隨著異國情調的旋律翩翩起舞的艷姿，常令觀光客陶醉在神秘的氣氛中。古典舞蹈在普通的飯店以及夜間表演都可以欣賞得到。

購物

印度出產很多珍奇的土產，而德里則是集散地，土產以精巧的手工藝品占多數，有服裝的配飾、地毯及傢具等，種類繁多且物美價廉，吸引很多觀光客。

購物時要記得大幅度殺價，公營機構或飯店內的商品都有標價，可議價；但在一般商店要殺價才不至於吃虧。殺價普通為定價的七折，在討價還價時，不要顯示出想要購買的意願或亮出錢包，最好是表現出若不願減價就不想買的態度。

有一種稱為Kulatal的印度式樣女襯衫，可以當做禮物贈送親友，質料有棉織、絲織泡泡紗等，穿著非常舒適。Sari布料以印度出產最著名，但價格的高低相差很大，手染的Sarasa布，各地別有特色很受女性歡迎。另外以Sari布料加金絲、銀絲刺繡的手提包，也深受女性的喜愛。

寶石類則有長月石、紅寶石、藍寶石價格不高，綠玉是高級品，價格相當昂貴；另外較特殊的產品如民族樂器、打擊樂器、管弦樂器等，都可購回作紀念。

◆亞格拉（Agra）

位於印度北部，在德里東南方約一七七公里處，美麗的亞穆那河蜿蜒穿過城北，是個樸實而又古色古香的小鎮。

泰姬瑪哈陵位於亞格拉北部，在亞穆那河的右岸，隔著河與亞格拉城堡相望，是蒙兀兒帝國五代皇帝沙迦汗與愛妃穆塔芝·瑪哈所建之陵墓。三百年前沙迦汗以二萬名工匠，花了五百萬盧比，建造了這座舉世無雙的大理石藝術建築，做為愛妃的長眠之所。陵高二百五十

呎，四角各有圓柱形高塔一座，遠遠望去高聳入雲，其倒影映在水池中，更顯壯麗。與中國的萬里長城、埃及金字塔等並列為世界人工七大奇景。

◆斯里那卡（Srinagar）

位於喀什米爾四周被群山圍繞的溪谷內，氣候涼爽宜人，是休閒旅遊最佳去處，處處都是蒼翠的樹木和各色花朵，令遊客有身處異地的幻覺。

斯里那加市內有好多處蒙兀兒王朝的君主們興建的花園，總稱蒙兀兒庭園（Mughal Garden）。Ataf Khan總督建的達爾湖畔的Nishat庭園，意為「歡喜花園」。加罕基爾大帝建造的Shalimat庭園最為著名，阿克巴大帝開闢的Naseem庭園也是代表性的庭園。

另外到喀什米爾區景色最優美的達爾湖，或到亞洲最大的淡水湖Walar湖遊玩也很愜意。到喀什米爾遊覽，斯里那加是主要的觀光客住宿站，住在House Boat的水上飯店非常有趣，該處共四百艘船屋，其中做為觀光客住宿用的豪華船屋約有三十艘。

在斯里那卡觀光，購物是一項很有樂趣的活動，這裡的特產品有民藝品、當地特有的毛織品、糊上紙後再上油漆的器冊及波斯地毯等，極受觀光客喜愛。

◆貢馬（Gulmarg）

喜瑪拉雅山下，喀什米爾山谷的渡假勝地，有印度第一座滑雪場。前往貢馬的路上，兩旁綠樹繁花夾道，秋來落英繽紛，冬天時筆直白楊森然林立，另有一番自然美。

綜合備忘錄

一、貨幣

貨幣單位是盧比（Rupee），記作RS，1RS，為100Paise。1美金約值46盧比，對外幣採用浮動匯率。紙幣有七種：1RS、2RS、5RS、10RS、100RS。

硬幣也有七種：1RS、2RS、5Paise、10Paise、20Paise、25Paise、50Paise。

二、兌換

換幣時須提示護照，將每次兌換的金額填在入境時所填的通貨申報書面，這是出境時換回美金的必要手續，法律上是禁止在黑市兌換外幣的。

三、時差

較我國中原時間慢二小時三十分，例如臺灣的中午十二時即為印度的上午九時三十分。

四、電壓

大多數地區電壓為二二〇伏特。

五、營業時間

商店一般在星期一至星期六，由十～十九時，星期天商店多半休息。銀行星期一至星期五，由十0～十四時，星期六由十～十二時，星期天休息。

六、語言

語言的種類超過一千六百種，被選為公用語有十五種，其中能在全國通用的是英語，其次是印度語（Hindu），講印度話的人口，占了全國人口的半數。

七、禮節

印度是個古老的國家，有許多古代遺留下來的習俗及印度教所訂的規律。例如，他們視左手為不淨，用餐時僅用右手，亦不得用左手摸小孩的頭；又印度教教義規定要愛護動物，連蚊子、蒼蠅都不例外。尤其是牛更被視為神聖，比人類還寶貴，所以在鄉下的路上碰到牛時，要慎重的對待。進入寺院時須脫鞋，牛皮皮革製品不宜帶進去。

而印度一般打招呼以在胸前合掌為禮貌，對男性可以握手，將頭歪一邊的動作表示「了解」的意思。在印度的列車、軍事設施、橋、野外、火葬場等地不得照相。

八、飲用水

不宜生飲，建議旅遊時攜帶水壺，可盛裝大飯店或餐館內之開水飲用，或自行購買礦泉水。

九、國際電話

直撥台灣可立即通話。

國際直撥電話打法：例如打回台北 02-2541-6066

00 ＋ 886 ＋ 2 ＋ 2541-6066

※從飯店的電話打電話時，先要撥國際電話International（Overseas）。另外，從飯店打出去時，需收服務費用。

※即使對方沒來接聽，如果鈴響超過五～六聲，有時也會收取費用，需要注意。

十、入境時的注意

海關負責檢查全部的行李，不過和沒有檢查一樣；有時候可能會藉某些狀況索賄，但大可置之不理。

十一、治安

治安最大的問題是乞民及調包，注意隨身攜帶貴重物品（皮包，照相機等等），使用信用卡時，也必須確認金額無誤方能簽名。另外對於乞民儘量避免施捨金錢。

十二、建議小費

由於階級細分的關係，要付小費的對象甚多，但金額不高。對餐廳服務生、行李員、機場接送人員、船夫、象夫、參觀景點之協助人員等之小費，依團體人數多寡，每人每次約為10～15IC。計程車通常不必付小費，但如託計程車司機搬行李，即付10～15IC為宜。房間清潔費小費，每日每間約為10IC（雙人房者兩人協商輪流付）。導遊、領隊和司機：每人每日共為USD.8元（依天數給付）。

＊有些旅遊地區攝影機、照相機，需買門票。如：攝影機100IC，照相機50IC.，僅供參考。

【參考資料來源：地球家國際旅行社】

附錄三：參加朝聖團一般注意事項

一、要帶海青、朝聖帶（從桃園中正機場就要帶朝聖帶）、背包、《金剛經》、《水懺》（未作完功課要帶）、帶著個人想念的經典。

二、印度入關是按照印度團體簽證排列次序入關，團體名單在中正機場會發給所有團員。

三、印度、尼泊爾日夜溫差大，氣候乾燥，請帶秋冬衣物、準備帽子、手套、口罩、雨傘、打火機一只、面霜、乳液、個人藥物、太陽眼鏡（包括眼鏡鏈子）、盥洗用具、拖鞋、熱水瓶。

四、請準備手電筒、計算機、鬧鐘、底片、照相機使用的電池、筆記本、原子筆等，因為當地物資缺乏，此類物品在印度德里、亞格拉以外的地方很難買到。

五、準備塑膠袋，取金鋼砂可用。

六、乾糧少許，自備感冒藥（尤其是咳嗽藥與喉嚨痛的藥）。

七、因每天更換住宿地點，每天換洗衣物無法曬乾，故請準備免洗褲、免洗襪；鞋子要好穿、易脫，最好不必綁鞋帶，方便快速型。

八、從德里後的住宿地點蚊子較多，尤其拘尸那羅，故請自備防蚊液。

九、靈鷲山華法飯店二～六人一房（不一定）。

十、出入旅館請結伴而行，多注意個人隨身財物，錢包、證件等重要物品請隨身攜帶，以免遺失。行李箱請務必上鎖（硬殼比較安全），行李在托運途中未上鎖，財物被竊取，航空公司或飯店恕不負責任。印度治安尤其不好。

十一、行動電話僅在德里、瓦拉納西可以使用（只有中華電信可以）。
　　　台北－印度　002-91-
　　　印度－台北　001-886-

十二、無論是搭機或參觀景點，要準時集合，以免擔誤行程。

十三、印度國內段班機常常有延誤，請團員耐心等候。

十四、印度人口眾多，民族性較愛錢，在公共場所請注意自己身上文

件、財物，不要讓小販、乞丐靠近身邊，以避免財物遺失。

十五、在機場或飯店上、下行李時，請男眾師兄幫忙注意，以避免行李遺失。

十六、印度聖地地處偏遠，每天須搭車八～十小時，路況很差，請團員車上時間多持咒念經。

十七、在印度佛教聖地朝聖，千萬不要拿錢給小孩或乞丐，否則會招來更多麻煩。

十八、尼泊爾的行程因參訪時間不十分地確定，所以行程將會有彈性的調整。

十九、在尼泊爾如有要請佛像或購買木雕等大項藝品，包裝材料請自行隨行李一併帶過去，因為當地並無包裝材料可使用。

二十、行李每人限重二十公斤，加德滿都行李超重每公斤收美金八元，請自備手提行李一個，避免超重減少損失。

二十一、由於這是朝聖而不是旅遊，所以請各位團員不要計較食物好壞，也不要爭搶房間、床位，以及飛機上與車上的座位。請保持健康，不鬧情緒，念念不離佛法僧三寶。

二十二、時差：印度比台灣慢二小時三十分；尼泊爾比台灣慢二小時十五分；印度與尼泊爾時差十五分。

電壓：二二〇伏特（印度、尼泊爾）

匯率：一美金大約四十五印度盧比／七十四尼泊爾盧比

飛行時間：台北→德里　七小時三十五分

加德滿都→曼谷　三小時二十五分

曼谷→台北　三小時三十分

不抱怨即生功德

衷心期盼：朝聖旅程順利平安、功德圓滿

【參考資料來源：靈鷲山佛教教團護法會‧地球家國際旅行社】

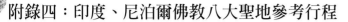

附錄四：印度、尼泊爾佛教八大聖地參考行程

第一天　　台北－德里

第二天　　德里－亞格拉

　　　　　亞格拉紅堡、泰姬瑪哈陵等

第三天　　亞格拉－德里

　　　　　參觀戰士紀念碑、印度門、甘地墓、英人統治印度時期重建
　　　　　的總統府、蓮花寺、印度廟、德里國家博物館等

第四天　　德里－瓦拉那西

　　　　　搭飛機到瓦拉那西，前往鹿野苑

第五天　　瓦拉那西－菩提迦耶（260公里／約8小時車程）

第六天　　菩提迦耶

第七天　　菩提迦耶－那爛陀－靈鷲山

第八天　　靈鷲山－竹林精舍－七葉窟－巴特那（120公里／約7小時車程）

第九天　　巴特那－毘舍離（65公里／約1.5小時車程）－拘尸那羅（260
　　　　　公里／約8小時車程）

第十天　　拘尸那羅－舍衛國－巴蘭普爾（250公里／約7.5小時車程）

　　　　　佛陀上忉利天為母說《地藏經》處、祇樹精舍、孤獨園

第十一天　巴蘭普爾－藍毘尼（230公里／約七個小時車程，進入尼泊爾
　　　　　行程）

第十二天　藍毘尼－奇旺國家公園

第十三天　加德滿都

　　　　　古蹟巡禮：活女神廟、杜巴兒廣場、舊皇宮等

第十四天　加德滿都

　　　　　參拜蓮花生大士、密勒日巴山洞、金剛亥母廟等

第十五天　加德滿都

　　　　　印度教聖地帕蘇帕堤那寺、蘇瓦揚布那佛塔（四面天神廟、
　　　　　猴廟）等

第十六天　加德滿都

（註：隨每個團體安排會有所不同，大致上八大聖地皆同，差異不大）

毘濕奴的宇宙形象。（世界宗教博物館提供）

　　中華民國設在印度的官方辦事處，在當地若遇到難以解決的問題，如護照遺失申請補發、急難事件或意外重病等，可請求協助。

新德里台北經濟文化中心／駐印代表處

Taipei Economic and Cultural Center in New Delhi

12Paschimi Marg, Vasant Vihar, New Delhi 110057, India

電話：（002-00-99-11）2614-6881, 2614-9882

傳真：（002-99-11）2614-6881, 2614-8480

急難救助電話：002-91-9810502610, 002-91-9810415125,
　　　　　　　002-91-9810032954

印度境內直撥：0-9810502610, 0-9810415125, 0-9810032954

（德里地區免撥0）

參考書目

01‧《大藏經》史傳部第五十一冊。

02‧經典多部：《金剛經》《楞嚴經》、《法華經》、《心經》、《藥師琉璃光來本願功德經》、《慈悲三昧水懺法》等。

03‧《微物之神》，阿蘭達蒂‧洛伊著，天下文化出版。

04‧《幽黯國度》，奈波爾著，李永平譯，馬可波羅出版。

05‧《印度與東南亞：佛教與印度教建築》，克里斯多福泰德格著，洪秀芳譯，木馬文化出版。

06‧《印度聖境旅人書》，林許文二、陳師蘭著，商智出版。

07‧《印度謎城——瓦拉那西》，林許文二、陳師蘭著，馬可波羅出版。

08‧《印度》，王瑤琴著，Mook墨刻出版。

09‧《印度的智慧》，林太著，國際村文庫書店出版。

10‧《TAJ MAHAL AND Mughal Agra》，Pictak books 出版。

11‧《INDIA》，Lonely Planet 出版。

12‧《A Guide to the National Museum》，印度德里國立博物館出版。

13‧《傾聽恆河天籟》，人人工作室策劃，江西教育出版社出版。

14‧《十大弟子傳》，星雲大師著，佛光出版社出版。

15‧《印度佛教史概說》，佐佐木教悟等著，釋達和譯，佛光出版社出版。

16‧《般若季刊》，85.5，靈鷲山般若文教基金會出版。

17‧《覺風季刊》，87.6.15，財團法人覺風佛教藝術文化基金會出版

18‧《印度‧尼泊爾》，縱橫文化出版。

19‧《釋迦牟尼傳》，星雲大師著，佛光出版社出版。

20‧《玄奘大師傳》，星雲大師著，佛光出版社出版。

21‧《深河》，遠藤周作著，林永福譯，立緒出版。

國家圖書館出版品預行編目資料

廢墟裡的靈光 ：重返印度的佛陀時代/ 鍾文音著
-初版.-臺北縣永和市：地球書房文化，
2004〔民93〕面；公分.參考書目：面
--(旅行新世紀1)
ISBN 957-29401-1-2（平裝）

855   93000533

旅行新世紀　1

廢墟裡的靈光——重返印度的佛陀時代

作者・攝影 / 鍾文音

發 行 人 / 羅智成

顧　　問 / 妙解法師・法泰法師

圖文編輯 / 陳秋華

美術編輯 / 林世鵬・洪曉蘋

文編協力 / 黃健群

執行編輯 / 蔡明伸

法律顧問 / 永然聯合法律事務所

出 版 者 / 地球書房文化事業股份有限公司

地　　址 / 234 台北縣永和市保生路2號8樓

電　　話 / (02)2232-1008

傳　　真 / (02)2232-1010

網　　址 / books@ljm.org.tw

印　　刷 / 永光彩色印刷股份有限公司

電　　話 / (02)2223-2799

總 經 銷 / 農學股份有限公司

電　　話 / (02)2917-8022

初版一刷 / 2004年01月

定　　價 / 299元　ISBN 957-29401-1-2（平裝）